더모던 감성클래식 02

빨강 머리 앤 1

더모던 감성클래식 02

빨강 머리 앤 1

루시 모드 몽고메리 지음 | 박혜원 옮김

더모던
Themodern

Anne of
Green Gables

차례

레이철 린드 부인이 놀라다

레이철 린드 부인은 에이번리 마을의 큰길이 작은 골짜기 쪽으로 비탈져 내려가는 곳에 살았다. 길가에 오리나무와 귀걸이를 닮은 후크시아 꽃나무가 늘어섰고, 오래된 커스버트네 농가가 자리한 숲에서 시작한 개울이 집 앞을 가로질렀다. 개울은 숲속 깊은 상류에서 어두운 비밀을 간직한 폭포와 물웅덩이를 만들며 복잡하게 뒤엉켜 세차게 흐르다가, 린드 부인의 집 앞에 이를 즈음에는 조용하고 잔잔해졌다. 개울조차 레이철 린드 부인의 집 앞을 지날 때는 예의 바르고 얌전하게 흘러야 한다는 것을 아는 모양이었다. 어쩌면 린드 부인이 창가에 앉아 개울이든 아이들이든 앞을 지나는 것은 무엇이든 놓치지 않고 눈여겨보고, 조금이라도 이상하거나 평소와 다르다 싶으면 그 까닭과 사정을 캐내고 만다는 것을 알아서인지도 모르겠다.

에이번리뿐 아니라 어느 동네에나 자기 일은 내팽개친 채 다른 사람 일에 참견하는 이들이 있다. 하지만 레이철 린드 부인은 자기 일을 깔끔하게 처리하면서 남의 일까지 거들어 대는 능력 있는 사람이었다. 타고난 살림꾼으로 집안일에 어디 하나 흠잡을 데가 없었다. 재봉 봉사회를 이끌었고 주일학교 운영을 도왔으며, 교회 봉사회와 해외 선교 지원단의 가장 든든한 후원자였다. 이 모든 일을 다하고도 몇 시간이고 부엌 창가에 여유롭게 앉아서 '무명실'로 침대보를 떴고, 에이번리의 주부들은 린드 부인이 침대보를 열여섯 장이나 떴다며 감탄하고는 했다. 린드 부인은 침대보를 뜨면서도 골짜기를 가로지르며 언덕 위로 굽이굽이 가파르게 올라가는 큰길에서 시선을 떼지 않았다. 에이번리는 세인트로렌스 만 쪽으로 튀어나온 작은 삼각형 모양의 반도에 위치해서 양쪽이 바다였다. 따라서 마을에서 나가거나 마을로 들어오는 사람은 누구든지 그 언덕길을 지나야 했고, 무엇 하나 놓치는 법이 없는 레이철 린드 부인의 감시를 피할 길이 없었다.

6월 초순의 어느 오후, 레이철 린드 부인은 부엌 창가에 앉아 있었다. 창으로 환하고 따스한 햇살이 비쳐 들었다. 집 아래 비탈진 과수원에 새 신부의 얼굴처럼 발그레한 연분홍 꽃들이 활짝 피어서 많은 벌들이 윙윙 날아들었다. 에이번리 사람들이 '레이철 린드의 남편'이라고 부르는, 체구가 작고 성품이 온순한 토머스 린드는 헛간 너머 언덕 밭에서 때늦은 순무씨를 뿌리고 있었다. 매슈 커스버트도 초록 지붕 집 위쪽 개울가의 널찍한 붉은 밭에서 순무씨를 뿌리고 있을 터였다. 레이철은 어제저녁, 카모디의 윌리엄 J. 블레어네 가게에서 매슈가 내일 순무씨를 뿌릴 거라고 피터 모리슨에게 말하는 것을 들어 알고 있었다. 먼저 질문한 사람은 당연히 피터였다. 매슈 커스버트는 어떤 얘기든 평생 먼저 꺼내는 법이 없었다.

그런데 그런 매슈 커스버트가 한창 바쁠 오후 3시 30분에 유유히 마차를 몰고 골짜기를 지나 언덕을 오르고 있었다. 하얀 칼라가 달린 가장 좋은 옷까지 빼입은 것을 보

15

면 에이번리 마을 밖으로 나가는 게 분명했다. 게다가 밤색 암말이 끄는 2인승 마차까지 탔으니 꽤 먼 거리를 간다는 뜻이었다. 이 시간에 매슈 커스버트가 어디를 가는거지? 도대체 무슨 일로?

매슈가 아닌 다른 에이번리 주민이었다면, 린드 부인은 재빨리 이런저런 정보들을 끼워 맞춰 이 두 가지 질문에 꽤 그럴듯한 추측을 내놓았을 것이다. 그러나 매슈는 좀처럼 집 밖에 나서지 않는 사람이니, 뭔가 급하고 심상치 않은 일이 있는 게 분명했다. 그는 부끄러움을 아주 많이 타서 낯선 사람과 만나거나 말을 섞어야 하는 자리에 나서기를 몹시 꺼렸다. 하얀 칼라가 달린 옷을 차려입은 매슈가 마차를 모는 모습은 쉽게 볼 수 있는 장면이 아니었다. 아무리 이리저리 생각해 보아도 마땅히 답이 떠오르지 않자, 린드 부인의 즐거운 오후는 엉망이 되었다.

마침내 이 존경스러운 부인은 마음을 먹었다.

"차를 마신 뒤에 초록 지붕 집에 가서 매슈가 어디를 갔는지, 무슨 일로 갔는지 마릴라에게 직접 들어야겠어. 매슈는 매년 이맘때면 웬만해서는 시내에 나가지 않고 절대 다른 사람 집도 방문하지 않는다고. 순무씨가 부족해서 사러 가는 길이라면 마차를 타고 저렇게 차려입을 리가 없지. 마차를 느긋하게 모는 걸로 봐서 의사를 부르러 간 것도 아니고. 어젯밤 이후로 갑자기 나갈 일이 생긴 게 분명해. 도무지 모르겠단 말이야. 오늘 매슈가 무슨 일로 에이번리를 나갔는지 알기 전에는 신경 쓰여서 아무것도 못하겠어."

그렇게 해서 린드 부인은 차를 마신 뒤 집을 나섰다. 그리 먼 길은 아니었다. 과수원에 둘러싸인 커스버트네 집은 아무렇게나 크게 지어 올린 모양이었고, 린드 부인이 사는 골짜기에서 400미터가 채 안 되는 거리에 있었다. 하지만 워낙 좁고 긴 시골길이라 실제보다 훨씬 멀게 느껴졌다. 매슈의 아버지도 아들만큼이나 부끄럼을 많이 타고 말수가 적어서, 농장 터를 잡을 때 숲속에 완전히 파묻히지는 않으면서 사람들과 가능한 한 제일 멀리 떨어진 곳을 선택했다. 그래서 땅을 개간하여 가장 끄트머리에 현재의 초록 지붕 집을 지었고, 지금도 에이번리의 다른 집들이 옹기종기 모여 있는 큰길에서는 초록 지붕 집이 거의 보이지 않았다. 레이철 린드 부인은 그런 곳에 사는 건 사는 게 아니라고 생각했다.

"그건 그냥 머무는 거지."

린드 부인은 마차 바퀴 자국이 푹 팬 오솔길을 걸으며 혼잣말을 했다. 오솔길 양옆에 들장미 덤불이 늘어서고 풀이 무성했다.

"이렇게 외딴 곳에 둘만 덜렁 사니 매슈나 마릴라나 별난 것도 당연해. 나무와 친구가 될 것도 아니고. 하긴 그 둘은 그걸로 족하다고 하겠지만. 그래도 사람을 보고 살아야지. 뭐, 두 사람은 만족하는 거 같긴 해도 그건 익숙해져서 그런 거지. 사람은 어디든 익숙해지기 마련이니까. 목을 매달아 놔도 거기에 익숙해진다*는 아일랜드 속담도 있잖아."

그러는 사이 린드 부인은 오솔길을 벗어나 초록 지붕 집의 뒷마당에 들어섰다. 녹음이 푸르른 마당은 잘 정돈되어 매우 말끔했다. 한쪽에는 오래된 버드나무들이 든든하게 자리를 지켰고 맞은편에는 포플러나무들이 우직하게 서 있었다. 잔가지 하나, 돌멩이 하나 보이지 않았다. 그런 것들이 있었다면 린드 부인의 눈에 띄지 않을 리 없

---

* "A body can get used to anything, even to being hanged."

었다. 린드 부인은 마릴라가 집 안을 청소하는 만큼 마당도 깨끗이 쓸고 닦았다고 생각했다. 땅에 떨어진 음식을 흙도 털지 않고 주워 먹을 수 있을 것 같았다.

린드 부인은 부엌문을 탕탕 두드린 뒤 들어오라는 소리에 안으로 들어섰다. 초록 지붕 집의 부엌은 쾌적하니 기분 좋은 공간이었다. 아니, 질릴 정도로 깨끗해서 아무도 사용하지 않는 응접실처럼 보였고, 안 그랬다면 기분이 더 쾌적했을 것이다. 부엌 창은 동쪽과 서쪽으로 나 있었다. 뒷마당이 내다보이는 서쪽 창으로 부드러운 6월 햇살이 한가득 쏟아져 들어왔다. 반면 동쪽 창은 포도 넝쿨로 파랗게 뒤덮여 있어서, 왼쪽 과수원에 활짝 핀 하얀 벚꽃과 개울 옆 골짜기 아래에서 가지를 늘어뜨린 늘씬한 자작나무만 힐끗 보였다. 마릴라는 햇빛이 별로 달갑지 않아 부엌에 앉을 때면 늘 동쪽 창가에 앉았다. 진지하게 임해야 할 세상에서 햇빛은 너무 가볍고 허황되게 보였다. 지금도 마릴라는 동쪽 창가에서 뜨개질을 하고 있었는데, 그 뒤에 놓인 식탁에 저녁 식사가 차려져 있었다.

린드 부인은 문을 채 닫기도 전에 식탁 위에 차려진 접시 세 개를 머릿속에 담았다. 마릴라는 매슈가 누군가를 데려오면 함께 저녁을 먹을 생각인 게 분명했다. 하지만 접시는 평소에 쓰던 것들에다가 꽃사과잼과 케이크 한 개가 전부였다. 기다리는 사람이 별로 특별한 손님은 아니라는 뜻이었다. 그럼 매슈가 차려입은 하얀 칼라 옷과 밤색 암말은 뭐지? 비밀이라곤 없이 조용하던 초록 지붕 집이었는데, 뜻밖에 등장한 수수께끼 때문에 린드 부인은 갈피를 잡을 수가 없었다.

"레이철, 어서 와요. 저녁 날씨가 정말 좋죠? 앉으세요. 다들 잘 지내죠?"

마릴라는 기분이 좋아 보였다.

마릴라와 린드 부인은 서로 닮은 점이 없었지만, 어쩌면 그 때문에 두 사람 사이에는 우정이라고밖에 달리 표현할 길이 없는 뭔가가 존재했다.

마릴라는 큰 키에 몸에 굴곡이라고는 없이 꽤 마른 편이었다. 그리고 군데군데 희끗거리는 검은 머리를 언제나 뒤로 틀어 올려 철사 머리핀 두 개로 단단히 고정시켰다. 세상 경험이 적고 고지식한 인상을 풍겼는데 실제로도 그랬다. 하지만 다행히 말할 때 조금만 다듬으면 유머 감각이 있다는 말을 들을 것도 같았다.

"우리는 다 잘 지내요. 그런데 매슈가 오늘 어디 가던데 마릴라한테 무슨 일이 있나 걱정했어요. 혹시 의사를 부르러 간 게 아닌가 해서요."

린드 부인이 말했다.

마릴라는 그럴 줄 알았다는 듯이 입술을 실룩였다. 린드 부인이 찾아올 것을 이미 짐작하고 있었다. 매슈가 그렇게 생뚱한 모습으로 마을을 나가는 광경을 봤으니 린드 부인의 호기심이 발동하고도 남으리라 생각한 것이다.

"오, 아니에요. 어제는 두통이 심했지만 지금은 괜찮습니다. 오라버니는 브라이트리버 역에 갔어요. 노바스코샤의 고아원에서 남자아이를 한 명 데려오기로 했는데, 그 아이가 오늘 저녁 기차로 도착하거든요."

매슈가 오스트레일리아에서 온 캥거루를 데리러 갔대도 이보다 더 놀라지는 않았을 것이다. 린드 부인은 정말로 5초 동안 말문이 탁 막혀 버렸다. 마릴라가 자신을 놀릴 리는 만무했지만 그런 생각을 안 할 수가 없었다.

"마릴라, 정말이에요?"

린드 부인은 겨우 입을 열고 추궁하듯이 물었다.

"그럼요."

마릴라는 노바스코샤에서 고아 소년을 데려오는 것이 별일 아닌 것처럼 말했다. 마치 제대로 된 에이번리 농가라면 봄에 으레 있는 일인 양 말이다.

린드 부인은 큰 충격을 받았다. 머릿속은 놀라서 느낌표로 가득 찼다. 남자애라니! 다른 사람도 아니고 마릴라와 매슈가 남자애를 입양한다고! 그것도 고아원에서! 세상에 말도 안 돼! 이보다 더 놀랄 일은 없을걸! 절대 없지!

"도대체 왜 그런 생각을 한 거예요?"

린드 부인이 못마땅한 듯 따져 물었다. 자신에게 조언을 구하지 않고 벌어진 일이었으니, 당연히 못마땅했다.

"글쎄요. 오래전부터 생각했던 일이에요. 사실 겨울 내내 생각했답니다. 크리스마스 전날 알렉산더 스펜서 부인이 왔었잖아요. 그때 봄에 호프타운에 있는 고아원에서 여자아이를 데려올 거라고 하더군요. 사촌이 거기 살아서 스펜서 부인도 몇 번 가봤고 그곳 사정도 잘 아나 보더라고요. 그래서 그 뒤로 오라버니와 저도 간간이 그런 얘기를 나눴죠. 남자아이가 있으면 좋겠다고요. 오라버니도 나이를 먹었고, 벌써 예순이니, 기력이 예전만 못하고 심장 때문에 많이 힘들어하거든요. 일꾼 들이는 게 얼마나 골치 아픈 일인지 알잖아요. 멍청하고 덜떨어진 프랑스 사내애들뿐이고 쓸 만한 일꾼이 없어요. 게다가 기껏 가르쳐 놔도 바닷가재 통조림 공장이나 미국으로 내빼버리니까요. 처음에 오라버니가 영국 사내애들을 데려오자고 하더군요. 하지만 내가 안 된다고 딱 잘랐어요. 그 애들도 괜찮죠. 나쁘다는 게 아니에요. 그저 런던 거리를 떠돌던 애들보다는 적어도 우리 캐나다에서 태어난 아이면 한다고 말했죠. 어떤 아이를 데려오든 감수할 부분이야 있겠지만, 캐나다 아이면 마음도 편하고 밤잠도 더 푹 잘 거 같았거든요. 그래서 스펜서 부인한테 여자아이를 데리러 갈 때 우리도 아이를 한 명 데려다 달라고 부탁하기로 했죠. 지난주에 스펜서 부인이 간다더라고요. 그래서 카모디에 사는 리처드 스펜서 씨의 가족에게 말을 좀 전해 달라고 했어요. 열 살에서 열한 살 정도에 똘똘하고 믿음직한 남자아이로 데려다 달라고요. 그 정도 나이면 잔심부름도 시키고 제대로 가르치기에도 딱 좋은 것 같아요. 아이한테 좋은 가정 환경도 만들어 주고 학교 교육도 받게 하려고요. 오늘 우체부가 스펜서 부인이 역으로 보낸 전

보를 가져왔는데, 아이가 저녁 5시 반 기차로 올 거라더군요. 그래서 오라버니가 브라이트리버 역으로 마중 나간 거예요. 스펜서 부인은 그 역에서 아이를 내려 주고 화이트샌즈 역까지 가야 하니까요."

린드 부인은 언제나 자기 생각을 이야기하는 데 나름 자신이 있었다. 그래서 이 놀라운 소식에 마음을 가다듬고 자신의 생각을 밝히기 시작했다.

"마릴라, 솔직하게 말할게요. 아주 어리석고 위험한 일을 벌인 거 같아요. 두 사람은 지금 본인들이 무슨 일을 하고 있는지도 모르고 있어요. 생판 모르는 아이를 집에 들이고 가족으로 받아들이려는 거잖아요. 그 아이에 대해 털끝만큼도 아는 게 없으면서요. 성격은 어떤지, 부모는 어떤 사람이었는지, 나중에 커서 어떻게 될지 전혀 모른단 말이죠. 왜 그 지난주에 신문 기사를 읽었는데, 섬 서쪽 끝에 사는 어떤 부부가 고아원에서 남자아이를 데려왔대요. 근데 그 아이가 한밤중에 집에 불을 냈다는 거죠. 마릴라, 일부러 불을 냈다니까요. 하마터면 침대에서 타죽을 뻔한 거죠. 또 어떤 입양한 아이는 툭하면 날달걀을 빨아먹었는데, 끝까지 그 버릇을 못 고쳤대요. 미리 내게

의견을 구했더라면 그런 생각은 절대 하지도 말라고 말해 줬을 텐데. 마릴라, 미리 얘기하지 그랬어요."

달갑지 않은 조언에도 마릴라는 기분 나빠하지 않았고 놀라지도 않았다. 마릴라는 뜨개질을 계속하며 말했다.

"레이철, 그 말도 물론 일리가 있어요. 나도 전혀 꺼림칙하지 않은 건 아니에요. 하지만 매슈 오라버니의 마음이 이미 기운 게 눈에 보여서 내가 물러섰답니다. 오라버니가 뭔가에 열의를 보이는 경우가 흔치 않아서 그럴 때면 내가 꼭 져줘야 할 거 같거든요. 그리고 위험한 거야, 세상 살면서 사람 하는 일이 다 그렇죠. 그렇게 따지면 부부가 임신해서 아이를 낳는 것도 위험 부담이 있죠. 아이마다 전부 잘 크는 건 아니니까요. 게다가 노바스코샤는 우리 섬과 바로 붙어 있잖아요. 영국이나 미국에서 데려오는 것과는 다르죠. 그 애는 우리와 크게 다르지 않을 거예요."

린드 부인은 불쾌한 마음을 숨기지 않는 목소리로 의구심을 쏟아냈다.

"그렇다면야, 별 탈 없기만을 바랄게요. 다만 그 애가 초록 지붕 집을 불태워버리거나 우물에 독약을 풀거나

해도, 왜 안 말렸냐며 나를 원망하지는 말아요. 뉴브런즈
윅 주에서 실제로 고아원 출신 아이가 그런 짓을 해서 온
가족이 끔찍한 고통 속에서 죽었다더군요. 여자애였다고
는 하지만요."

"글쎄요, 우린 여자아이를 데려오는 게 아니니까요."

마릴라는 우물에 독을 푸는 게 지극히 여성스러운 행
동이라는 듯이, 남자아이는 그런 걱정을 할 필요가 없다
는 식으로 말했다.

"여자아이를 기를 생각은 추호도 없어요. 스펜서 부인
이 여자아이를 입양한다기에 나도 놀랐어요. 스펜서 부인
이야 마음만 먹으면 고아원도 통째로 입양할 사람이죠."

린드 부인은 매슈가 돌아오는 모습을 보고 싶었지만
그러려면 줄잡아도 두 시간은 넘게 기다려야 했다. 그래
서 그 길로 로버트 벨의 집으로 가서 소식을 전하는 게
낫겠다고 결론을 내렸다. 이 소식은 분명 엄청난 파장을
일으킬 터였고, 린드 부인은 이런 얘깃거리를 만드는 것
을 무엇보다도 즐겼다. 그렇게 린드 부인은 초록 지붕 집
을 나섰고, 린드 부인의 비관적인 생각들 때문에 두려움
과 의심이 되살아나던 마릴라는 그제야 다소 마음이 놓

였다.

린드 부인은 조심스럽게 오솔길로 들어서면서 불쑥 내뱉었다.

"허, 다른 사람도 아니고! 꿈은 아니겠지. 음, 그 어린것도 안됐네. 매슈와 마릴라는 아이에 대해 아무것도 모르니까, 어린애한테 제 할아버지보다도 더 현명하고 의젓하길 바라겠지. 그 아이한테 할아버지가 있기나 했을까 싶지만 말이야. 어찌됐든 초록 지붕 집에 어린아이라니, 상상이 안 가네. 그 집에 아이가 있었던 적이 한 번도 없었지, 아마. 그 집에서 살기 시작한 게 둘이 다 자라서였으니까. 두 사람한테 어린 시절이 있기나 했는지도 모르겠어. 지금 둘을 보면 태어날 때부터 저 모습이었을 거 같다니까. 나라면 무슨 일이 있어도 그 집에 입양되지는 않을 텐데. 아이고, 불쌍해라."

린드 부인은 들장미 덤불을 향해 마음에 가득 찬 말들을 쏟아냈다. 바로 그 순간 브라이트리버 역에서 얌전히 기다리고 있는 그 아이를 직접 봤다면, 불쌍한 마음은 한층 더 깊고 강해졌을 것이다.

2
매슈 커스버트가 놀라다

매슈 커스버트는 밤색 암말이 끄는 마차를 몰고 브라이트리버 역까지 12킬로미터가 넘는 길을 기분 좋게 달렸다. 아담한 농장들 사이로 난 아름다운 길이었다. 마차는 향긋한 전나무 터널도 지나고, 야생 자두나무 꽃이 말갛게 핀 골짜기도 달렸다. 사과밭에서 날아든 꽃 향기로 공기는 달콤했고, 푸른 들판이 저 멀리 진줏빛과 자줏빛 안개가 피어오르는 지평선까지 펼쳐져 있었다.

작은 새들이 노래했네 단 하루뿐인 여름날인 것처럼[*]

매슈는 나름대로 풍경을 즐겼지만, 여자들을 마주쳐 인사해야 하는 순간만큼은 그러지 못했다. 프린스에드워드 섬에서는 길에서 사람을 만나면 알든 모르든 서로 눈인사를 나눠야 했다.

매슈는 마릴라와 린드 부인 말고는 모든 여자가 무서웠다. 그 수수께끼 같은 피조물이 자신을 보며 속으로 비웃는 것 같아서 불편했다. 어쩌면 매슈의 짐작이 맞을지도 몰랐다. 매슈의 외모가 특이하긴 했으니까. 생긴 건 투박한 데다 회색 머리카락이 구부정한 어깨까지 길게 내려왔고, 스무 살을 넘기면서부터 한결같이 덥수룩하니 연갈색 턱수염을 하고 있었다. 회색 머리만 다를 뿐, 스무 살 때나 예순 살인 지금이나 별반 다를 게 없었다.

브라이트리버 역에 도착했지만 열차가 지나간 흔적은 없었다. 매슈는 너무 일찍 왔다고 생각하며 조그마한 브라이트리버 호텔 마당에 말을 묶은 뒤 역사로 향했다. 긴 플랫폼은 거의 텅 비어 있었다. 눈에 띄는 사람이라고는 플랫폼 맨 끝에 쌓아둔 지붕 널빤지 더미에 앉은 아이뿐

* 제임스 러셀 로웰(미국의 시인, 비평가)의 시 〈론팔 경의 꿈〉 중에서

32

이었다. 매슈는 여자아이라는 사실을 알아차리자마자 눈길도 주지 않고 몸을 옆으로 돌려 되도록 빨리 지나쳤다. 만약 매슈가 아이를 봤다면, 잔뜩 긴장했으면서도 기대감에 차 있는 몸짓과 표정을 알아봤을 것이다. 소녀는 그 자리에 앉아 무언가를, 어쩌면 누군가를 기다리고 있었고 할 수 있는 일이 앉아서 기다리는 것밖에 없었기 때문에 혼신의 힘을 다해 앉아서 기다리는 중이었다.

역장이 저녁 식사를 하려고 매표소 문을 잠그며 집에 갈 준비를 하고 있었다. 매슈는 역장에게 35분 기차가 곧 도착하는지 물었다.

"35분 기차는 이미 도착해서 30분 전에 떠났지요. 하지만 커스버트 씨가 올 거라며 어떤 승객이 아이를 한 명 내려놓고 갔답니다. 여자아이요. 저쪽 널빤지 위에 앉아 있을 겁니다. 여자 대합실에서 기다리라고 했는데도 밖이 더 좋다고 아주 진지하게 말하더군요. 상상할 거리가 많다나요. 별난 아이예요."

역장이 활기찬 목소리로 대답했다.

"여자아이가 아닌데. 난 남자아이를 데리러 온 겁니다. 남자아이가 있어야 하는데. 알렉산더 스펜서 부인이 노바스코샤에서 남자아이를 데려다주기로 했거든요."

매슈가 멍하니 말했다.

역장이 휙 휘파람을 불었다.

"착오가 있었나 봅니다. 스펜서 부인이 저 여자아이를 데리고 기차에서 내려서 제게 맡겼거든요. 매슈와 마릴라가 고아원에서 입양할 아이라고, 매슈가 데리러 오고 있을 거라고 말입니다. 제가 아는 건 여기까지예요. 여기에 숨겨 놓은 다른 고아 아이는 더 없어요."

"알 수가 없군."

매슈는 마릴라가 와서 이 상황을 직접 해결해 줬으면 좋겠다고 생각하며 맥없이 말했다.

"글쎄요, 저 아이한테 물어보는 게 낫지 않을까요. 아이가 설명해 줄 수도 있을 거 같은데. 저 애도 입이 있으니까요. 바라던 남자아이가 고아원에 없었는지도 모르쇼."

역장은 태평스레 말하더니, 배가 고팠는지 서둘러 나가 버렸다. 불쌍한 매슈는 사자 굴에 들어가 사자 갈기를 뽑는 것보다 더 어려운 일을 혼자 해내야 했다. 여자아이, 그것도 낯선 여자아이, 고아 여자아이에게 다가가 왜 남자아이가 아니냐고 물어야 했다. 매슈는 속으로 앓는 소

34

리를 하며 돌아서서 느릿느릿 힘없는 걸음으로 플랫폼을 걸어서 여자아이에게 다가갔다.

여자아이는 매슈가 지나쳐 간 뒤에도 줄곧 매슈를 쳐다보았고 지금도 매슈를 바라보고 있었다. 매슈는 여자아이를 보지도 않았지만, 보았더라도 아이가 어떤 모습인지 제대로 알아채지 못했을 것이다. 하지만 보통 사람이라면 이렇게 생각했을 터였다. 아이는 열한 살 정도로 보였고, 아주 짧고 몸에 꽉 끼는 누런빛이 도는 볼품없는 회색빛 혼방 원피스를 입고 있었다. 머리에는 색이 바래고 납작한 갈색 밀짚모자를 썼으며 모자 아래로 숱 많은 새빨간 머리카락을 두 갈래로 땋아 등 뒤로 늘어뜨렸다. 작고 하얀 얼굴은 갸름했는데 주근깨투성이였다. 입도 크고 눈도 컸다. 눈동자는 햇살과 기분에 따라 초록색이 되었다가 잿빛이 되었다가 했다.

여기까지는 보통 사람의 시선으로 알아차릴 수 있는 모습이었다. 관찰력이 뛰어난 사람이라면 매우 뾰족하고 도드라진 턱도 눈에 들어왔을 것이다. 또한 큰 눈은 생기발랄했고 입은 귀여운 입술에 감정을 고스란히 드러낼 것 같았으며, 이마는 넓고 동그랬다. 한마디로 보는 눈이 예리한 사람이었다면, 제자리가 아닌 곳으로 인도된 이 여자아이가 부끄럼 많은 매슈 커스버트가 그토록 터무니없이 무서워하는 흔하디흔한 여자들과 전혀 다른 정신세계의 소유자라고 결론 내렸을 것이다.

다행히 매슈는 먼저 말을 거는 시련을 겪지 않아도 되었다. 매슈가 자신에게 오고 있다는 확신이 들자마자, 여자아이가 자리에서 일어서서 햇볕에 그을린 야윈 한 손으로 다 해진 구식 여행용 가방의 손잡이를 꼭 움켜잡았다. 그리고 나머지 한 손을 매슈에게 내밀며 말했다. 유난히 또랑또랑하고 싹싹한 목소리였다.

"초록 지붕 집의 매슈 커스버트 아저씨 맞으시죠? 만나 뵙게 되어 정말 기뻐요. 절 데리러 오시지 않을까 봐막 걱정이 되려고 해서, 아저씨가 못 오시는 온갖 이유를 상상하고 있었어요. 아저씨가 오늘 밤까지 절 데리러 오시지 않으면 커다란 벚나무가 있는 모퉁이까지 기찻길을 따라 내려갈 생각이었어요. 그 나무에 올라가서 밤을 보내려고 마음먹었거든요. 전 하나도 무섭지 않아요. 하얀 벚꽃이 활짝 핀 나무 위에서 달빛을 받으며 잔다니, 굉장히 멋질 거 같지 않으세요? 대리석으로 된 넓은 방에 있다고 상상할 수도 있고요. 그리고 아저씨가 오늘 밤에 못 오셔도 내일 아침에는 꼭 오실 거라고 생각했거든요."

매슈는 앙상한 작은 손을 어색하게 맞잡았다. 그러면서 어떻게 할지 마음을 굳혔다. 눈을 반짝반짝 빛내는 이 아이에게 차마 착오가 있었다고 말할 수는 없었다. 일단 집으로 데려가서 마릴라에게 말하게 할 작정이었다. 무슨 착오가 있었든지 여자아이를 브라이트리버 역에 혼자 남겨둘 수는 없었다. 궁금한 점을 물어보거나 설명을 듣는 일은 초록 지붕 집에 무사히 돌아간 다음에 하는 게 나을 것 같았다.

"늦어서 미안하구나. 따라오너라. 저쪽 마당에 말이 있단다. 가방은 이리 다오."

매슈가 겸연쩍은 듯 말했다. 아이가 활기찬 목소리로 대답했다.

"아, 제가 들게요. 무겁지 않아요. 가방 안에 제가 가진 걸 전부 넣었지만 무겁지 않아요. 그리고 잘못 들면 손잡이가 빠져요. 그러니까 제가 드는 게 나아요. 저는 요령을 정확히 알거든요. 이건 엄청나게 오래된 가방이에요. 와, 아저씨가 오셔서 정말 기뻐요. 벚나무 위에서 자는 것

도 근사하지만요. 여기서 멀리 가야 하죠? 스펜서 아주
머니가 13킬로미터는 될 거라고 하셨어요. 전 마차 타는
걸 좋아하니까 괜찮아요. 아, 아저씨 집에서 아저씨의 가
족으로 사는 건 정말 멋진 일일 거예요. 저는 지금껏 한
번도 가족이 없었거든요. 뭐, 또 꼭 그런 건 아니기도 한
데. 아무튼 고아원은 최악이었어요. 넉 달밖에 안 있었지
만 다시는 가기 싫어요. 아저씨는 고아원에서 지내본 적
이 없을 테니까 거기가 어떤 곳인지 잘 모르실 거예요. 아
저씨는 상상도 못할 정도로 끔찍해요. 스펜서 아주머니는
이렇게 말하는 건 나쁜 태도라고 하셨지만, 제가 일부러
나쁘게 말하는 게 아니에요. 나쁜 말은 자기도 모르게 불
쑥 튀어나오잖아요? 사람들은 좋았어요. 고아원 사람들
요. 하지만 거기는 다른 고아들 말고는 상상할 거리가 너
무 없어요. 아이들에 대해 이렇게 상상해 보는 것도 꽤 재
미는 있었어요. 옆에 있는 여자아이가 사실은 백작의 딸
인데, 아기 때 사악한 유모가 유괴하고 그 사실을 털어놓
지 못한 채 죽은 거예요. 저는 밤에 잠들기 전에 이런 상
상을 했어요. 낮에는 시간이 없었거든요. 아무래도 그래
서 이렇게 말랐나 봐요. 저 너무 빼빼 말랐죠? 뼈만 있고

살은 하나도 없어요. 전 제가 팔꿈치가 옴폭 들어갈 만큼 포동포동하고 보기 좋은 모습이라고 상상하는 게 참 좋아요."

매슈의 길동무는 그만 말을 멈췄다. 숨이 차기도 하고 마차를 묶어둔 곳에 다다랐기 때문이었다. 아이는 마차가 마을을 벗어나 가파른 작은 언덕길을 내려올 때까지 아무 말도 하지 않았다. 부드러운 흙을 깊이 파서 길을 낸 탓에 양쪽 비탈에 꽃이 만발한 벚나무와 새하얗고 늘씬한 자작나무들이 두 사람의 머리보나 1미터쯤은 위에 늘어서 있었다.

아이는 손을 뻗어 마차 옆을 스치는 야생 자두나무 가지 하나를 꺾었다.

"아름답죠? 비탈에서 옆으로 뻗은 저 나무 말이에요. 온통 하얗게 레이스를 단 듯한 저 나무를 보면 뭐가 생각나세요?"

"글쎄다. 잘 모르겠구나."

"왜요, 신부 같잖아요. 예쁜 안개 면사포를 쓰고 새하얀 드레스를 입은 신부요. 한 번도 본 적은 없지만 그 모습이 어떨지 상상은 할 수 있어요. 제가 신부가 될 거라는 기대

는 안 해요. 너무 못생겨서 저랑 결혼하겠다는 사람이 없을 거예요. 다른 나라에서 온 선교사라면 또 모를까요. 외국인 선교사라면 그렇게 까다롭지 않을 거 같아요. 하지만 언젠가는 저도 꼭 하얀 드레스를 입고 싶어요. 그게 제가 이 세상에서 꿈꾸는 가장 큰 행복이에요. 전 예쁜 옷이 정말 좋거든요. 태어나서 예쁜 옷을 입어본 기억이 한 번도 없어요. 어쩌면 그래서 더 입고 싶은 게 아닐까요? 전 제가 눈부시게 차려입은 모습을 상상해 보곤 해요. 오늘 아침에 고아원을 나올 때 너무 창피했어요. 이 볼품없는 원피스밖에 입을 옷이 없어서요. 고아원에서는 다 이런 옷뿐이에요. 지난겨울 호프턴의 어떤 상인이 혼방 옷감을 300마나 고아원에 기부했거든요. 어떤 사람들은 팔다 남은 옷감이라고 말하지만, 전 그분이 진심으로 친절을 베풀었다고 믿고 싶어요. 기차에 오르자 사람들이 저만 쳐다보며 불쌍하게 여기는 거 같았는데, 제가 곧바로 세상에서 가장 아름다운 하늘색 실크 드레스를 입고 있다고 상상하기 시작했죠. 어차피 상상인데 이왕이면 멋진 게 좋잖아요. 온갖 꽃이랑 깃털이 너풀거리는 커다란 모자를 쓰고 금시계도 차고요. 새끼 염소 가죽으로 만든 장갑이랑 장화도 신은 거예요. 그러자 금방 기분이 좋아져서 섬까지 오는 동안 여행을 마음껏 즐겼어요. 뱃멀미도 전혀 안 했고요. 스펜서 아주머니도 평소에는 멀미를 하셨다는데 이번엔 괜찮으셨어요. 제가 물에 빠질까 봐 지켜보느라 멀미할 새가 없으셨대요. 저처럼 기웃거리고 돌아다니는 아이는 본 적이 없으시다면서요. 하지만 제가 돌아다녀서 멀미를 안 하셨다면 다행이잖아요? 게다가 전 배에서 볼 수 있는 건 전부 보고 싶었어요. 그런 기회가 언제 또 있을지 모르잖아요. 와, 저기 벚꽃이 훨씬 더 많이 피었네요! 이곳처럼 꽃이 많은 섬은 처음이에요. 벌써부터 이 섬이 마음에 쏙 들어요. 여기서 살게 돼서 정말 기뻐요. 프린스에드워드 섬은 세상에서 가장 아름다운 섬이라고 들었어요. 이 섬에서 사는 상상을 많이 했는데, 정말 여기서 살게 될 줄은 꿈에도 몰랐어요. 상상이 현실이 되면 정말 기쁘잖아요. 그렇죠? 그런데 저 붉은 길들은 정말 신기하네요. 샬럿타운에서 기차를 탔는데 붉은 길이 옆으로 휙휙 지나가는 거예요. 그래서 스펜서 아주머니께 길이 왜 붉은색이냐고 물었더니 아주머니도 모르신다면서 제발 그만 좀 물어보라고 하시더라고요. 제가 질문을 천 번도 더 했다면서요. 제가 그런 거 같기는 하지만, 물어보지 않으면 모르는 걸 어떻게 알아요? 그런데 저 길은 왜 붉은 거예요?"

"글쎄다. 모르겠구나."

"음, 저것도 언젠간 꼭 알아낼 거예요. 앞으로 알아야 할 온갖 것을 생각하면 신나지 않으세요? 그럼 살아 있다는 게 정말 즐겁게 느껴지거든요. 세상에는 흥미로운 일이 가득하잖아요. 만약 우리가 모르는 게 없이 다 알고 있다면 재미가 반으로 뚝 줄어버릴 거예요. 그렇게 생각하지 않으세요? 상상할 여지가 없잖아요. 근데 제가 말이 너무 많나요? 사람들이 항상 제게 그러거든요. 조용히 하고 있을까요? 그러라시면 그럴게요. 마음만 먹으면 말을 안 할 수 있어요. 힘들기는 하지만요."

매슈는 자신도 놀랄 만큼 즐거워하고 있었다. 과묵한 사람들이 대개 그렇듯이 매슈는 자신에게 대꾸를 바라지만 않으면 상대방이 혼자 떠들어대는 것은 아무래도 괜찮았다. 하지만 어린 여자애와 함께 있는 게 즐거울 거라고는 한 번도 생각해 보지 못했다. 여자란 어떤 경우에도 기분 좋은 존재가 아니었고 어린 여자애들은 더했다. 여자아이들은 매슈에게 말을 걸었다가는 한입에 잡아먹히기라도 할 것처럼 겁먹은 얼굴로 힐끔거리며 슬슬 피해 다녔다. 매슈는 여자아이들의 그런 모습이 그렇게 싫을 수가 없었다. 에이번리에서 소위 교육을 잘 받았다는 여자아이들은 그런 식이었다. 그러나 이 주근깨투성이 꼬마 마녀는 전혀 달랐다. 더딘 이해력으로 아이의 발랄한 머릿속을 따라가기가 꽤 버거웠지만 '아이의 수다가 싫지 않아'라고 생각했다. 그래서 매슈는 평소처럼 쑥스러운 기색으로 말했다.

"아, 마음껏 말하려무나. 나는 괜찮다."

"와, 기뻐요. 아저씨랑은 잘 지낼 수 있을 줄 알았어요. 말하고 싶을 때 말할 수 있고, 아이는 어른들 눈에 보이게 있으되 소리는 내면 안 된다는 말을 듣지 않아도 돼서 정말 안심이에요. 그동안 그런 소리를 백만 번은 들었거든요. 전 말도 거창하게 한다고 사람들이 비웃어요. 하지만 머릿속에 거창한 생각들이 있으면 거창하게 말해야 제대로 표현할 수 있잖아요. 안 그런가요?"

"글쎄다. 일리 있는 말이구나."

"스펜서 아주머니는 제 혀가 입안에 떠 있는 것 같다고 하셨어요. 하지만 아니거든요. 제 혀도 끝이 입 안쪽에 딱 붙어 있거든요. 스펜서 아주머니는 아저씨 집 이름이 초록 지붕 집이라고 하셨어요. 제가 초록 지붕 집에 대해 궁금한 걸 다 여쭤봤더니, 주변에 나무가 많다고 하셨죠. 전 떨릴 듯이 기뻤어요. 전 나무가 정말 좋아요. 고아원 근처에는 나무 같은 나무가 하나도 없었거든요. 하얗게 칠한 울 같은 걸 둘러놓은 작고 앙상한 볼품없는 나무들이 다였어요. 거기는 나무들도 꼭 고아 같아요. 그 나무들을 보면 울고 싶어져요. 전 나무들한테 이렇게 말하곤 했어요. '아, 작고 불쌍한 나무들아! 넓고 울창한 숲에서 다른 나무들과 어우러져 자라면, 작은 이끼와 6월의 방울꽃들이 뿌리 위를 덮고, 멀지 않은 곳에 개울이 흐르고, 새들이 너희 가지에 앉아 노래해 주면, 훨씬 더 크게 자랄 수 있을 텐데. 그렇지? 하지만 여기서는 그럴 수가 없구나. 나는 너희들 마음을 잘 알아, 작은 나무들아.' 오늘 아침은 그 나무들을 두고 떠나야 해서 슬펐어요. 아저씨도 그런 것들과 정든 적 있으시죠? 초록 지붕 집 근처에는 개울이 있나요? 깜빡 잊고 스펜서 아주머니께 여쭤보지 못했어요."

"글쎄다. 그래, 집 바로 아래 하나 있구나."

"와! 시냇가 근처에 사는 것도 제가 언제나 꿈꾸던 일이에요. 하지만 정말로 그런 곳에 살게 될 거라고는 생각도 못했어요. 꿈이 이루어지는 게 쉽지 않잖아요. 그러니 꿈이 이뤄지면 얼마나 기분이 좋겠어요? 전 지금 하나만 빼고 완전히 행복해요. 그 하나가 뭐냐면요…… 저, 이게 무슨 색으로 보이세요?"

아이는 윤기가 흐르는 양 갈래로 땋은 머리 한 가닥을 앙상한 어깨 위에서 홱 잡아채더니 매슈의 눈앞에 가져다댔다. 매슈는 여자들이 길게 기른 머리의 색을 판단하는 데 익숙지 않았지만 이 경우는 별로 생각할 필요가 없었다.

"빨간색이구나. 그렇지?"

아이는 땋은 머리를 등 뒤로 넘기며, 평생 마음속 깊숙이 박혀 있던 슬픔을 발끝에서부터 끌어올려 모두 토해내듯 한숨을 쉬었다. 그러고는 체념한 투로 말했다.

"맞아요. 빨간색이에요. 이제 제가 왜 완벽하게 행복할수 없는지 아시겠죠. 머리가 빨간 사람은 행복할 수 없어요. 저는 다른 건 별로 신경 안 써요. 주근깨투성이인 것도, 눈동자가 초록색인 것도, 빼빼 마른 것도 말이에요.

그런 건 없다고 상상하면 되니까요. 제 얼굴빛이 장미꽃 잎처럼 아름답고, 눈동자는 보라색 별빛처럼 반짝인다고 상상할 수 있어요. 하지만 빨강 머리는 다른 걸로 상상이 안 돼요. 온 힘을 다해 이렇게 생각해 봤죠. '이제부터 내 머리카락은 눈부신 까만색이다. 까마귀 날개처럼 까맣다.' 하지만 제 머리가 빨갛다는 생각이 잠시도 사라지지 않아서 가슴이 찢어져요. 이건 제 평생의 슬픔이 될 거예요. 언젠가 평생의 슬픔을 간직한 여자아이가 등장하는 소설을 읽었는데, 그 애가 슬픈 건 빨강 머리 때문은 아니었어요. 그 아이는 금발머리가 설화석고 같은 이마에서부터 등 뒤까지 찰랑였거든요. 그런데 설화석고 같은 이마가 뭐예요? 아무리 찾아봐도 모르겠더라고요. 아저씨는 아세요?"

"글쎄다. 나도 모르겠구나."

매슈는 약간 어질하니 얼떨떨했다. 철없던 어린 시절 소풍을 갔다가 한 아이의 꾐에 넘어가 회전목마를 탔던 때와 같은 기분이었다.

"그게 무슨 뜻이든 좋은 말일 거예요. 그 여자아이는 여신처럼 아름답다고 했거든요. 신처럼 아름다우면 기분이 어떨지 상상해 본 적 있으세요?"

"글쎄다. 그런 상상은 안 해봤구나."

매슈는 솔직하게 대답했다.

"전 자주 해봤어요. 만약 선택할 수 있다면 어떤 게 좋으세요? 신처럼 아름다운 거랑 천재처럼 똑똑한 거랑 천사처럼 착한 거 중에서요."

"글쎄다. 나는…… 잘 모르겠구나."

"저도 그래요. 어느 쪽도 선택을 못 하겠어요. 하지만 고르지 못해도 상관없어요. 어차피 제가 될 수 있는 게 없으니까요. 제가 천사처럼 착하지 않은 건 확실해요. 스펜서 아주머니가 그러시는데, 어어, 커스버트 아저씨! 아저씨! 어, 아저씨!"

스펜서 부인이 그렇게 말했다는 게 아니었다. 아이가 마차에서 굴러떨어진 것도, 매슈가 깜짝 놀랄 만한 행동을 한 것도 아니었다. 마차가 굽잇길을 돌아 가로수길로 들어섰을 뿐이었다.

뉴브리지 사람들이 '가로수길'이라고 부르는 그 길은 500미터 정도 길게 뻗어 있었다. 길 양쪽에 몇 년 전 나이 지긋한 한 괴짜 농부가 심어 놓은 사과나무들이 거목으로 자라 아치형으로 넓게 가지를 뻗어서, 머리 위로 눈처럼 하얗고 향기로운 꽃들이 차양처럼 길게 드리워졌다. 우거진 나뭇가지들 아래로 자줏빛 황혼이 가득 깃들었고 멀리 앞쪽으로는 노을이 짙게 물든 하늘이 마치 대성당 복도 끝의 커다란 장미 문양 창문처럼 언뜻언뜻 보였다.

그 아름다운 광경에 아이는 말문이 막힌 듯했다. 아이는 마차에 앉아 몸을 뒤로 젖히고 야윈 두 손을 꽉 움켜잡은 채 황홀한 얼굴로 하얗게 빛나는 장관을 마주했다. 마차가 가로수길을 벗어나 뉴브리지로 향하는 긴 비탈길을 내려가는 동안에도 아이는 미동도 없이 입을 다물고 있었다. 아직도 황홀경에서 빠져나오지 못한 얼굴로 서쪽 하늘의 노을을 아득히 응시했다. 아이의 두 눈은 붉게 타오르는 하늘을 수려하게 뒤덮고 지나가는 풍경들을 보고 있었다. 개들이 낯선 이들을 향해 짖고, 어린 소년들이 깔깔대고, 사람들이 잔뜩 궁금한 표정으로 창밖을 내다보는 부산스런 작은 마을 뉴브리지를 빠져나올 때까지도 마차 안은 조용했다. 그렇게 5킬로미터 정도를 더 가는 동안에도 아이는 아무 말도 꺼내지 않았다. 그토록 쉴 새 없이 떠들더니 무언가에 열중하니 조용해졌다.

결국 매슈가 용기를 내어 먼저 입을 열었다.

"많이 피곤하고 배도 고픈가 보구나."

아이의 침묵이 길어지는 이유가 그거라고 간신히 생각해 낸 매슈가 말했다.

"이제 얼마 남지 않았단다. 1.5킬로미터만 더 가면 돼."

몽상에서 깨어난 아이는 깊은 숨을 내쉬며, 별빛을 따라 먼 곳을 헤매다 온 사람처럼 꿈꾸는 눈빛으로 매슈를 바라봤다.

"아, 커스버트 아저씨. 지금 지나온 곳 말이에요. 그 하얀 길, 그게 뭐예요?"

매슈는 잠시 곰곰이 생각하다 대답했다.

"글쎄다. 가로수길을 말하는 게로구나. 예쁜 길이지."

"예쁘다고요? 예쁘다는 말로는 모자라요. 아름답다는 말도요. 그런 말로는 한참 부족해요. 아, 황홀하다, 황홀하다는 말이 좋겠어요. 여태껏 제가 뭔가를 보고 더 멋지게 상상할 수 없었던 건 그 길이 처음이에요. 여기가 가득 찬 느낌이었어요."

아이는 한 손을 가슴에 얹었다.

"여기가 좀 이상하게 아팠는데, 기분 좋게 아픈 거였어요. 아저씨도 기분 좋게 아팠던 적이 있나요?"

"글쎄다. 기억이 나지 않는구나."

"전 그런 적이 많아요. 굉장히 아름다운 걸 볼 때마다 그러거든요. 그런데 저렇게 예쁜 길을 가로수길이라고 부르면 안 될 거 같아요. 그런 이름에는 아무런 의미도 없잖아요. 저 길의 이름은…… 그러니까…… '기쁨의 하얀 길'이 어울려요. 이게 더 상상력이 들어간 멋진 이름 같지 않으세요? 전 어떤 사람이나 장소의 이름이 마음에 들지 않으면 늘 새로운 이름을 상상해서 붙여요. 고아원에 헵지바 젠킨스라는 여자아이가 있었는데, 전 그 애의 이름을 로잘리아 드비어라고 상상했어요. 다른 사람들은 가로수길이라고 불러도 저는 꼭 '기쁨의 하얀 길'이라고 부를래요. 정말로 집까지 1.5킬로미터밖에 안 남았어요? 기쁘기도 하지만 아쉬워요. 이 길을 오는 동안 정말 즐거웠거든요. 즐거운 일이 끝나는 건 언제나 아쉬워요. 더 즐거운 일이 일어날 수도 있지만 그럴 거라는 보장이 없잖아요. 그리고 사실 더 즐겁지 않을 때가 많고요. 어쨌든 저는 그랬어요. 그래도 집이 가까워진다고 생각하면 기뻐요. 지금까지 전 진짜 집에 살았던 적이 없거든요. 진짜 집에 가까워진다는 생각만으로도 기분 좋은 통증이 느껴져요. 와, 저거 예쁘지 않아요?"

마차는 언덕 마루를 넘어 달렸다. 아래로 연못이 보였는데, 길고 구불구불한 모양이 흡사 강처럼 보였다. 연못 중간 즈음에 다리 하나가 놓여 있었는데, 다리가 있는 곳부터 아래로 연못 끝까지 호박색 모래 언덕이 길게 이어져서 검푸른 바다가 들어오는 길을 막았다. 물은 다채로운 색조를 피워내며 찬란하게 일렁였다. 더없이 그윽한 진노랑빛, 장밋빛, 영묘한 초록빛 그리고 도저히 뭐라 이름 붙일 수 없는 여러 빛깔이 어우러졌다. 다리 위쪽으로는 연못이 전나무와 단풍나무 수풀 안으로 들어가 어둑한 그림자만 수면 위에서 흔들렸다. 둑 여기저기에서 연못 위로 몸을 내민 야생 자두나무는 마치 하얀 옷을 입은 소녀가 발꿈치를 든 채 물속 그림자를 들여다보는 것 같았다. 연못이 시작되는 늪에서는 구슬프도록 아름다운 개

52

구리들의 합창 소리가 낭랑하게 울려 퍼졌다. 그 너머 비탈에는 회색 집 한 채가 하얀 사과꽃이 만발한 과수원에 둘러싸여 있었고, 아직 날이 완전히 저물지는 않았지만 창문 하나에서 불빛이 새어 나오고 있었다. 매슈가 입을 열었다.

"저건 '배리 연못'이란다."

"음, 그 이름도 마음에 들지 않아요. 저는 저 연못을, 그러니까 '반짝이는 호수'라고 부를래요. 그래요. 저 연못에 딱 맞는 이름이에요. 꼭 어울리는 이름이 떠오르면 기분이 짜릿해져요. 뭔가에 기분이 짜릿했던 적 있으세요?"

매슈는 곰곰이 생각했다.

"글쎄다. 그래. 오이밭 흙을 파헤치는 징그럽게 생긴 하얀 벌레를 보면 그런 기분이 들긴 하지. 그렇게 생긴 벌레는 싫더구나."

"에이, 그런 기분이랑은 다르죠. 아저씨는 같다고 생각하세요? 벌레하고 '반짝이는 호수'는 별로 관련이 없잖아요? 근데 왜 저 연못을 배리 연못이라고 부르는 거예요?"

"저 집에 배리 씨가 살아서 그럴 게다. '비탈길 과수원 집'이라고 부르지. 저 뒤쪽에 덤불만 무성하지 않았어도 여기에서 초록 지붕 집이 보일 텐데. 하지만 우린 다리를 건너서 길을 돌아가야 하니까 반 마일쯤 더 가야겠구나."

"배리 아저씨네에 어린 여자애들이 있나요? 그러니까 너무 어린아이 말고요. 저 정도 되는 아이들요."

"다이애너라고 열한 살이 된 딸이 있지."

"와! 정말 예쁜 이름이에요!"

아이가 숨을 깊게 들이마시며 탄성을 질렀다.

"글쎄다. 난 모르겠는데. 뭔가 이교도적 냄새가 나서 말이다. 난 제인이나 메리, 뭐 그런 쉬운 이름이 좋더구나. 다이애너가 태어날 즈음 그 집에 학교 선생이 한 명 묵었는데, 그 선생이 지어줬다고 하더구나."

"제가 태어났을 때도 그런 선생님이 옆에 있었어야 했는데. 와, 다리에 다 왔어요. 전 눈을 꼭 감을래요. 다리를 건널 때면 항상 겁이 나서요. 다리 가운데쯤 지나는데 갑자기 다리가 잭나이프처럼 접히면서 그 사이에 끼어버리는 상상을 자꾸 하거든요. 그래서 눈을 꼭 감아요. 하지만 막상 다리 중간쯤 다다랐을 거 같으면 항상 눈을 뜨게 돼요. 다리가 진짜로 접힌다면 그 순간을 보고 싶잖아요. 다리가 접히면 엄청나게 큰 소리가 나겠죠! 전 그런 큰 소리가 좋아요. 세상에 좋아할 게 이렇게 많다니, 정말 신나지 않아요? 다 건넜어요. 이제 돌아볼게요. 잘 자요, '반짝이는 호수'님. 전 늘 제가 사랑하는 것들에게 잘 자라고 인사해요. 사람들한테 하는 것처럼요. 그러면 좋아할 것 같거든요. 저 호수가 제게 웃어 주는 것 같아요."

마차가 언덕길을 올라가 모퉁이를 돌 때 매슈가 말했다.

"이제 집에 거의 다 왔단다. 초록 지붕 집은 저쪽······."

"어, 말하지 마세요."

아이가 허겁지겁 말을 막으며, 매슈가 들어 올리던 팔을 붙잡고는 가리키는 곳을 보지 않으려는 듯 눈까지 질끈 감았다.

"제가 맞춰볼게요. 맞출 자신 있어요."

아이는 눈을 뜨고 주위를 두리번거렸다. 두 사람은 언덕마루에 올라서 있었다. 해는 한참 전에 저물었지만 노을이 포근하게 내려앉은 풍경이 아직은 또렷이 보였다. 서쪽에 금잔화빛 하늘을 배경으로 교회의 뾰족탑이 거무스름하게 솟아 있었다. 밑으로는 작은 골짜기가 있었고, 골짜기 너머로 완만하게 쭉 뻗은 비탈에 아담한 농장들이 드문드문 자리 잡았다. 아이는 동경과 염원이 가득 담긴 눈으로 농가를 하나하나 쓸어보았다. 마침내 아이의 눈이 길가에서 훌쩍 떨어진 왼쪽의 어느 한곳에 머물렀다. 황혼이 내린 수풀이 주변을 둘러쌌지만 그 속에서도 하얀 꽃이 활짝 핀 나무들이 어슴푸레 보였다. 구름 한 점 없이 맑은 남서쪽 하늘에 수정처럼 아름다운 크고 하얀 별 하나가 미래를 약속하는 길잡이의 등불처럼 반짝거렸다.

"저 집이죠, 맞죠?"

아이는 손가락으로 가리키며 말했다.

매슈는 기분 좋게 말 등을 고삐로 찰싹 쳤다.

"그래, 맞혔구나! 스펜서 부인이 말해 줘서 알아본 게로구나."

"아니에요. 아주머니가 설명해 주신 게 아니에요. 정말이에요. 아주머니는 어느 집에나 다 해당하는 얘기들만 해 주셨어요. 초록 지붕 집이 어떻게 생겼는지 전혀 몰랐어요. 그런데 보자마자 저기가 우리 집이란 생각이 들어요. 아, 꿈꾸는 것 같아요. 있잖아요, 지금 제 팔꿈치부터 그 위로 온통 멍투성이일 거예요. 오늘 제가 몇 번이나 꼬집었는지 모르겠어요. 소름 끼칠 정도로 자꾸 끔찍한 기분이 들고, 전부 다 꿈일까 봐 불안했어요. 그럴 때마다

이게 꿈인지 아닌지 보려고 팔을 꼬집었거든요. 그러다 문득 이게 꿈이라면 깨지 말고 되도록 오래 꾸는 게 나을 것 같아서 그만뒀죠. 하지만 꿈이 아니라 진짜였어요. 이제 집에 거의 다 왔네요."

아이는 달뜬 한숨을 뱉어내곤 다시 침묵에 빠져들었다. 매슈는 불안해졌다. 그토록 그리던 집에서 끝내 살지 못할 이 깡마른 아이에게 자신이 아니라 마릴라가 진실을 말할 거라는 사실이 다행이었다. 마차는 린드 부인이 사는 골짜기를 지나갔다. 이미 날이 꽤 어두워졌지만, 린드 부인이 밖이 훤히 내다보이는 창가에 앉아서 두 사람을 보지 못할 정도는 아니었다. 마차는 언덕을 올라 초록 지붕 집 앞으로 난 좁고 긴 오솔길로 들어섰다. 집에 도착할 즈음 매슈는 곧 진실이 드러날 거라는 생각에 움츠러들면서도 알지 못할 힘이 났다. 그가 걱정하는 것은 이런 실수 때문에 마릴라 자신이 겪게 될 어려움이 아니라 아이가 느낄 실망이었다. 아이의 눈에서 기쁨의 빛이 사라진다고 생각하니, 마치 뭔가를 죽이는 데 힘을 보태야 할 때처럼 거북했다. 새끼 양이나 송아지 같은 죄 없는 어린 생명을 죽여야 할 때와 아주 비슷한 기분이었다.

두 사람은 벌써 꽤 어두워진 뜰로 들어섰다. 포플러 잎
사귀들이 부드럽게 살랑거렸다.

매슈가 아이를 마차에서 내려 주는데, 아이가 작게 소
곤댔다.

"나무들이 자면서 하는 말 좀 들어 보세요. 멋진 꿈을
꾸고 있나 봐요!"

그러고는 '전 재산'이 담긴 낡은 여행 가방을 꽉 움켜쥐
고 매슈를 따라 집으로 들어섰다.

마릴라 커스버트가 놀라다

마릴라는 문을 열고 들어오는 매슈에게 성 큼성큼 다가갔다. 하지만 뻣뻣하고 볼품없는 원피스를 입 고 빨강 머리를 길게 땋아 내린 채 절실해 보이는 눈을 반짝이는 이상한 여자아이를 보자, 깜짝 놀라 그 자리에 멈춰 섰다.

"매슈 오라버니, 저 아이는 대체 누구예요? 남자아이는 어디 있어요?"

마릴라가 버럭 소리쳤다.

"남자아이는 없었어. 이 아이뿐이던데."

매슈는 아이에게 고갯짓을 하다가 아이의 이름도 묻지 않았다는 사실을 깨달았다.

"남자아이가 없었다니요! 남자애가 오기로 했잖아요. 스펜서 부인한테 남자애를 보내달라고 했잖아요."

마릴라가 완고하게 말했다.

"글쎄다. 스펜서 부인이 이 아이를 데려왔던걸. 역장한테도 물어봤어. 아이는 집에 데려올 수밖에 없었어. 뭐가 잘못됐는지는 몰라도 거기에 혼자 둘 수는 없어서 말이야."

"아유, 이 일을 어째!"

마릴라가 외치듯 말했다.

두 사람을 번갈아보며 대화를 듣던 아이의 얼굴에서 생기가 싹 가셨다. 어떤 상황인지 깨달은 것이다. 아이는 소중한 여행 가방을 툭 떨어뜨리더니 한 걸음 성큼 내디디며 두 손을 꼭 맞잡았다.

"저를 원치 않으시는군요! 제가 남자아이가 아니라서 필요 없으신 거죠! 그 생각을 했어야 했는데. 이제껏 절 원한 사람은 아무도 없었어요. 이렇게 아름다운 일들이 오래갈 리 없다는 걸 알았어야 했는데. 절 정말로 원하는 사람은 아무도 없다는 걸 알았어야 했는데. 아, 어쩌죠? 눈물이 날 것 같아요!"

아이는 울음을 터뜨렸다. 식탁 옆 의자에 앉아 두 팔을 식탁 위에 털썩 얹고는 얼굴을 묻고 펑펑 울었다. 마릴라와 매슈는 난로를 사이에 두고 서로를 나무라는 눈빛을 보냈다. 두 사람 다 무슨 말을 해야 할지, 뭘 어떻게 해야 할지 몰랐다. 마지못해 마릴라가 어설프게 말문을 열었다.

"뭐, 이런 일로 그렇게까지 울 건 없단다."

"아니요. 있어요!"

아이가 불쑥 고개를 들자, 눈물로 얼룩진 얼굴과 떨리는 입술이 보였다.

"아주머니도 울 거예요. 아주머니가 고아고, 자기 집이 될 줄 알고 찾아간 곳에서 남자아이가 아니니 필요 없다는 말을 듣는다고 생각해 보세요. 아, 이렇게 비극적인 일은 여태껏 한 번도 없었어요!"

오랫동안 웃어보지 않아서 어색해 보이기는 했지만, 떨떠름한 미소 같은 게 마릴라의 딱딱한 얼굴에 부드럽게 떠올랐다.

"자, 이제 그만 울거라. 오늘 밤 당장 여기서 나가라고 하진 않을 테니까. 일이 어쩌다 이렇게 되었는지 알아볼 때까진 여기서 지내게 될 게다. 이름은 뭐니?"

아이는 잠시 머뭇거리다 간절한 목소리로 말했다.

"코딜리어라고 불러 주시겠어요?"

"불러 주라니? 코딜리어가 네 이름이니?"

"아……뇨. 제 진짜 이름은 아니지만, 코딜리어라고 불러 주시면 좋을 거 같아요. 정말이지 우아한 이름이잖아요."

"도대체 무슨 소린지 모르겠구나. 코딜리어가 아니면, 진짜 이름이 뭐라는 거니?"

이름의 주인이 머뭇머뭇 입을 열었다.

"앤 셜리예요……. 하지만 제발 코딜리어라고 불러 주세요. 제가 여기 잠깐만 있을 거라면 절 뭐라고 부르든 아주머니께는 상관없잖아요. 앤이라는 이름은 하나도 낭만적이지 않단 말이에요."

"조금도 낭만적이지 않다니! 앤이야말로 정말 무난하고 부르기 쉬운 괜찮은 이름인데. 부끄러워할 것 없다."

마릴라가 매정하게 말했다.

"부끄러운 게 아녜요. 그냥 코딜리어라는 이름이 더 좋아서 그래요. 전 늘 제 이름이 코딜리어라고 상상했어요. 적어도 요 몇 년 동안은요. 어릴 땐 제 이름이 제럴딘이라고 상상하곤 했는데 지금은 코딜리어가 더 좋아요. 하지만 절 앤이라고 부르실 거면 꼭 뒤에 'e'를 발음해서 앤이라고 불러 주세요."

마릴라가 찻주전자를 들며 또다시 어색한 미소를 지었다.

"그렇게 부르면 뭐가 달라지는데?"

"에이, 완전히 다르죠. 훨씬 더 근사해 보이잖아요. 이름을 부를 때마다 마치 종이에 적힌 것처럼 마음속에 그 이름이 보이지 않으세요? 저는 보여요. 그냥 'Ann'은 시시해 보이지만 'e'가 붙은 'Anne'은 훨씬 기품이 있어 보이거든요. 'e'를 발음해서 앤이라고 불러 주시기만 하면 코딜리어라는 이름은 포기하도록 노력해 볼게요."

"좋아. 그럼, 'e'가 붙은 앤, 어떻게 이런 착오가 생긴 건지 알고 있니? 우리는 스펜서 부인에게 남자아이를 보내 달라고 부탁했단다. 고아원에 남자아이가 없었니?"

"아뇨. 남자아이는 많았어요. 하지만 스펜서 아주머니는 분명히 열한 살 정도 되는 여자아이가 필요하다고 하섰어요. 그래서 원장 선생님이 제가 바로 그런 아이라고 말씀하셨고요. 제가 얼마나 기뻤는지 모르실 거예요. 기뻐서 지난밤에 잠도 오지 않았어요."

앤은 원망스러운 얼굴로 매슈를 쳐다봤다.

"역에서 왜 저한테 너는 필요 없으니 데려갈 수 없다고 말씀하지 않으셨어요? '기쁨의 하얀 길'과 '반짝이는 호수'만 보지 않았어도 이렇게 힘들지는 않았을 거예요."

"이 애가 도대체 무슨 소리를 하는 거예요?"

마릴라가 매슈를 노려보며 추궁하듯 물었다.

"그…… 그냥 오는 길에 나눴던 얘기들이야. 마릴라, 나는 얼른 나가서 말을 넣어 놔야겠다. 돌아올 때까지 차를 준비해 줘."

매슈는 허둥지둥 나가 버렸다. 마릴라는 한숨을 쉬었다.

"스펜서 부인하고 너 말고 다른 아이도 같이 왔니?"

"릴리 존스요. 그 애는 아주머니 댁으로 데려가신댔어요. 릴리는 이제 다섯 살이고 굉장히 예뻐요. 머리는 밤색이고요. 제가 그렇게 예쁘고 머리카락도 밤색이면 절 계속 데리고 계실 건가요?"

"아니다. 우리는 매슈 오라버니를 도와 밭일을 할 남

자아이가 필요하단다. 우리한테 여자아이는 쓸모가 없어. 모자 벗어라. 모자와 네 가방은 현관 탁자 위에 올려두마."

앤은 고분고분 모자를 벗었다. 곧 매슈가 돌아왔고, 세 사람은 저녁 식사를 위해 식탁에 앉았다. 그러나 앤은 음식이 넘어가지 않았다. 억지로 빵에 버터를 발라 먹는 시늉을 하고 물결 모양 유리그릇에 든 딸기잼을 앞 접시에 덜어 깨작거렸다. 앤 앞에 놓인 음식은 조금도 줄지 않았다.

"아무것도 먹지 않는구나."

마릴라가 톡 쏘아붙이듯 말하며, 그게 심각한 단점이라도 되는 양 쳐다봤다. 앤은 한숨을 내쉬었다.

"못 먹겠어요. 저는 깊은 절망의 구렁텅이에 빠졌어요. 아주머니는 그럴 때 음식을 먹을 수 있으세요?"

"절망의 구렁텅이에 빠져 본 적이 없어서 모르겠구나."

"그런 적이 없다고요? 그럼 깊은 절망에 빠졌다고 상상해 본 적은 있으세요?"

"아니, 없다."

"그럼 그게 어떤 기분인지 이해 못하실 거예요. 정말이지 마음이 너무 아프거든요. 뭘 먹으려고 해도 덩어리 같은 게 목에서 밀고 올라와서 아무것도 삼킬 수가 없는걸요. 초콜릿 캐러멜조차 먹을 수가 없어요. 초콜릿 캐러멜은 2년 전에 하나 먹어 봤는데 진짜 맛있었어요. 그때부터 가끔 초콜릿 캐러멜을 엄청나게 많이 갖고 있는 꿈을 꿨는데 먹으려고만 하면 꿈에서 깼어요. 제가 음식을 먹지 않은 것 때문에 제발 기분 상하지 않으셨으면 좋겠어요. 전부 다 정말정말 맛있지만 목에서 넘어가질 않아요."

"아이가 피곤할 거 같은데. 재우는 게 낫겠어, 마릴라."

헛간에 다녀온 뒤로 줄곧 침묵을 지키던 매슈가 입을 열었다.

마릴라는 앤을 어디에 재워야 할지 고심 중이었다. 부엌방에 기다려 마지않던 남자아이가 잘 소파를 준비해 두었지만, 소파가 아무리 깨끗하고 말끔해도 여자아이를 재우기에는 알맞지 않았다. 그렇다고 고아 아이에게 손님방을 내줄 수는 없었다. 그러다 보니 남는 방은 동쪽 지붕 밑 다락방뿐이었다. 마릴라는 촛불을 켜고 앤에게 따라오라고 말했다. 앤은 힘없이 마릴라 뒤를 따라가다가 현관

을 지날 때 탁자에 두었던 모자와 여행 가방을 집어 들었
다. 복도도 놀랄 만큼 깨끗했지만, 곧이어 들어선 지붕 밑
작은 다락방은 그보다 더 깨끗했다.

마릴라는 다리가 세 개 달린 세모난 탁자에 촛불을 내
려놓고는 이부자리를 내렸다.

"잠옷은 있지?"

앤은 고개를 끄덕였다.

"네. 두 벌 있어요. 고아원에서 원장 선생님이 만들어
주셨어요. 몸에 너무 꼭 끼긴 하시만요. 고아원에서는 뭐
든 넉넉하게 나눠 가질 수가 없거든요. 그래서 항상 모든
게 빠듯해요. 어쨌든 제가 있던 곳처럼 가난한 고아원은
그래요. 꼭 끼는 잠옷 치마는 질색이지만, 그런 잠옷을 입
어도 목에 프릴이 달리고 바닥을 끄는 예쁜 잠옷을 입었
을 때랑 똑같은 꿈을 꿀 수 있으니까 괜찮아요. 그게 유일
한 위안이에요."

"자, 얼른 옷을 갈아입고 자리에 눕거라. 촛불을 가지러
오마. 너한테 끄고 자라고 하진 못하겠구나. 불이라도 낼
까 말이야."

마릴라가 나가자 앤은 아쉬운 눈으로 방을 두리번거렸

다. 휑하니 하얗기만 한 벽이 유난히 눈길을 잡아당겼고 그 벽들마저 썰렁함에 몸부림치는 것 같았다. 바닥에도 처음 보는 모양의 둥근 매트만 덩그러니 깔려 있었다. 한쪽 구석에 검고 낮은 기둥에 높이가 높은 구식 침대가 있었다. 다른 쪽 구석에는 들어오면서 보았던 삼각 모양 탁자가 있는데, 아무리 단단한 바늘이라도 끝이 휘어져버릴 것 같은 단단하니 볼록한 빨강 벨벳 바늘꽂이가 장식처럼 놓였다. 탁자 위로는 폭이 15센티미터에 길이가 20센티미터 정도 되는 자그마한 거울이 걸려 있었다. 탁자와 침대 사이 중간 즈음에는 창문이 있는데, 창문 위에는 새하얀 모슬린 천으로 만든 주름 장식이 달렸고, 창 맞은편에 세면대가 있었다. 방 전체에 딱 꼬집어 말할 수 없는 엄숙한 기운이 돌아 앤은 뼛속까지 오싹했다. 앤은 흐느껴 울며 아무렇게나 옷을 벗어던지고 꽉 끼는 잠옷으로 갈아입은 뒤 침대로 몸을 던졌다. 그러고는 얼굴을 베개 깊숙이 파묻고 이불을 머리끝까지 뒤집어썼다. 마릴라가 촛불을 가지러 올라왔을 때는 바닥에 멋대로 널브러진 초라한 옷가지들과 침대 위에서 요란하게 들썩이는 이불만이 이 방에 누군가 있다는 사실을 알려 주었다.

마릴라는 천천히 앤의 옷들을 집어 들어 반듯하게 생긴 노란 의자에 가지런히 정리한 뒤 촛불을 들고 침대로 다가갔다. 그러고는 조금 어색하기는 해도 딱딱하지 않게 말했다.

"잘 자거라."

앤의 하얀 얼굴과 커다란 눈이 이불 밖으로 불쑥 나왔다.

"오늘 밤이 제 인생에서 최악의 밤인 걸 아시면서 어떻게 잘 자라고 할 수 있으세요?"

앤은 원망 섞인 목소리로 말하고는 다시 이불 속으로 사라졌다.

마릴라는 천천히 부엌으로 내려와 저녁 먹은 그릇들을 마저 설거지했다. 매슈는 담배를 물고 있었다. 마음이 어지럽다는 확실한 증거였다. 마릴라가 지저분한 습관이라며 매우 싫어했기 때문에 매슈는 담배를 거의 피우지 않았다. 하지만 담배가 강하게 당길 때가 있었고 그럴 때면 마릴라도 못 본 체했다. 남자들도 감정을 분출할 뭔가가 있어야 한다고 생각해서였다.

"정말 난처한 상황이네요. 우리가 직접 가지 않고 다른 사람한테 부탁한 결과예요. 리처드 스펜서네 식구들이 중

간에서 말을 잘못 전한 것 같아요. 오라버니나 내가 내일 마차를 타고 스펜서 부인을 만나러 가야겠어요. 꼭요. 저 아이는 고아원으로 돌려보내야 하고요."

마릴라는 화를 삭이지 못하는 목소리로 말했다.

"그래. 그래야겠지."

매슈는 내키지 않는 소리로 말했다.

"그래야겠지라뇨! 당연히 그렇게 해야지요!"

"글쎄다. 저 애는 정말 착한 아이야, 마릴라. 그렇게 여기서 살고 싶어 하는데, 돌려보낸다고 하니 안됐잖니."

"매슈 오라버니, 저 애를 데리고 있자는 말은 아니죠!"

마릴라는 매슈가 물구나무서기를 좋아한다고 말했어도 이렇게까지 놀라지 않았을 것이다.

자기 뜻을 정확히 전달해야 하는 불편한 궁지에 몰린 매슈가 더듬더듬 생각을 말했다.

"글쎄, 뭐, 아니…… 꼭 그렇다는 게 아니라. 그래, 우리가…… 저 애를 키우긴 어렵겠지."

"그럴 일은 절대 없을 거예요. 저 애를 키워서 우리한테 무슨 도움이 되겠어요?"

"우리가 저 애한테 도움을 줄 순 있지."

매슈가 불쑥 뜻밖의 말을 꺼냈다.

"오라버니, 저 애가 오라버니한테 마법이라도 걸었나 보군요! 오라버닌 저 애를 키우고 싶어 하는 게 훤히 보이네요."

"글쎄다. 저 애는 참 재미있는 아이야. 집에 오는 길에 아이가 한 말들을 너도 들었으면 좋았을걸."

매슈가 고집스럽게 말했다.

"아, 말은 정말 빠르더군요. 딱 보니 알겠던데요. 하지만 그게 장점은 아니죠. 너무 말 많은 애들은 싫어요. 난 여자아이를 원치도 않고 여자애를 데려온다 해도 저 앤아니에요. 이해 안 가는 구석도 있고요. 안 돼요. 저 애는 있던 곳으로 당장 돌려보내야 해요."

"나는 프랑스에서 온 남자아이를 구하면 돼. 저 애는 네 말동무가 되어줄 거야."

"내가 말동무를 못 찾아서 고민하는 게 아니잖아요. 그리고 난 저 애를 데리고 있을 생각이 없어요."

마릴라가 퉁명스레 대답했다.

"글쎄, 물론 네 말이 맞겠지. 난 그만 자야겠다."

매슈가 일어나 담뱃대를 치우며 말했다.

매슈는 침실로 들어갔다. 마릴라도 그릇들을 치우고는 결심을 굳힌 듯 얼굴을 찌푸리며 침실로 갔다. 위층 동쪽 지붕 밑에서는 사랑에 굶주린 외롭고 쓸쓸한 아이가 울다 지쳐 잠이 들었다.

초록 지붕 집에서 맞은 아침

해가 중천에 떠서야 잠이 깬 앤은 자리에서 일어나 앉아 갈피를 잡지 못한 눈으로 창을 빤히 쳐다보았다. 창으로 청명한 햇살이 한가득 쏟아져 들어왔고, 밖에서 하얀 솜털 같은 무언가가 나부댔다. 그 뒤로 파란 하늘이 언뜻 눈에 들어왔다.

그제야 앤은 자신이 어디에 있는지 떠올랐다. 한순간 기쁨 가득한 설렘이 밀려왔다가 이내 비참한 기억이 되살아났다. 여긴 초록 지붕 집이야. 그리고 아저씨, 아주머니는 내가 남자아이가 아니라서 필요 없다고 하셨어!

하지만 지금은 아침이었다. 그래, 마당에 꽃이 활짝 핀 벚나무가 있었지. 앤은 침대에서 팔짝 뛰어내려 창가로 뛰어가서 창문을 밀어 올렸다. 창은 오랜 시간 굳게 닫혀 있었는지 삐걱거리면서 뻑뻑하게 열렸다. 어찌나 빠듯하게 끼어 올라가던지 뭔가를 받쳐 놓을 필요도 없었다.

앤은 무릎을 꿇고 앉아 6월의 아침을 물끄러미 바라봤다. 앤의 눈은 환희로 반짝였다. 아, 정말 아름다워! 이렇게 예쁜 곳이 또 있을까? 이런 곳에 살 수 없다니! 앤은 이곳에 사는 상상을 해 봤다. 이곳에는 상상할 거리가 가득했다.

창밖에 커다란 벚나무가 서 있는데, 무척 가까워서 벚나무 가지가 집을 톡톡 건드려 댔다. 꽃이 한가득 어찌나 흐드러지게 피었는지 나뭇잎이 하나도 보이지 않을 정도였다. 집 양옆에도 꽃나무들이 많았다. 한쪽은 사과나무 과수원이었고 다른 한쪽은 벚나무가 가득했는데, 여기도 꽃잎이 비처럼 쏟아졌다. 나무 아래 풀밭에는 민들레가 여기저기 피었다. 그리고 눈 아래 정원의 라일락 나무에는 보랏빛 꽃이 만발했고 아찔할 정도로 향기로운 라일락 향이 아침 바람을 타고 창문으로 흘러들었다. 정원 아래쪽으로는 클로버로 뒤덮인 초록 풀밭이 개울이 흐르는 골짜기까지 비탈져 내려갔고, 골짜기 안에는 하얀 자작나무들이 우거졌다. 그 밑 덤불 속에서 고사리와 이끼, 숲속에서 자라는 식물들이 소담스레 자라고 있을 것만 같았다. 골짜기 너머 언덕에는 가문비나무와 전나무가 초록빛 깃털처럼 자라 있었다. 나무들 사이로, '반짝이는 호수' 맞은편에서 보았던 작은 집의 회색 귀퉁이가 보였다.

왼쪽으로 조금 떨어진 곳에 커다란 헛간들이 있고, 헛간 너머 완만하게 경사진 초록 들판 아래로 반짝이는 푸른 바다가 언뜻언뜻 보였다.

아름다운 것을 사랑하는 앤은 그 모든 풍경을 허기진 듯 바라보며 눈길을 거두지 못했다. 가엾게도 지금까지 아름답지 못한 곳들만 지겹도록 보며 살았는데, 이곳은 앤이 꿈꾸던 모습 그대로라 할 만큼 아름다웠다.

앤은 무릎을 꿇은 채로 주위의 아름다움에 취해 있다가 누군가 어깨에 손을 얹자 깜짝 놀랐다. 어린 몽상가가 눈치채지 못하는 사이에 마릴라가 들어와 있었다.

"아직 옷도 갈아입지 않았구나."

마릴라가 퉁명스럽게 말했다. 마릴라는 아이에게 어떻

게 말을 걸어야 하는지 도통 알지 못해 생각과 달리 말이 딱딱하고 퉁명스럽게 나갔다.

앤은 일어나서 한참 숨을 고르더니, 아름다운 바깥세 상 모두에게 손을 흔들며 말했다.

"아, 정말 눈부시지 않나요?"

"큰 나무지. 꽃도 멋지게 피고. 하지만 열매는 아무 데 도 쓸모가 없어. 조그마한 데다 벌레도 먹고 말이야."

"아, 나무만 말씀드린 게 아니에요. 물론 나무도 멋져 요. 맞아요. 눈이 부실 정도로 멋져요. 나무도 그럴 줄 알 고 꽃을 피운 것 같아요. 하지만 제가 말씀드리는 건 여 기 있는 전부 다예요. 정원이랑 과수원이랑 개울이랑 숲 까지, 저 커다란 세상 전부요. 이런 아침이면 세상이 정 말 사랑스럽단 생각 안 드세요? 전 개울이 여기까지 웃 으면서 오는 소리가 들려요. 개울이 얼마나 명랑한지 느 껴본 적 있으세요? 개울은 항상 웃어요. 겨울에도 말이 에요. 겨울에는 얼음 밑에서 웃지요. 초록 지붕 집 가까 이에 개울이 있어서 무척 기뻐요. 계속 여기서 살 것도 아닌데 그게 중요하냐고 하실지도 모르지만, 제게는 중 요해요. 이곳을 다시는 보지 못한다 해도 초록 지붕 집에 개울이 있다는 걸 항상 기억할 거예요. 개울이 없었더라면 '저기 개울이 꼭 있어야 하는데' 하는 아쉬움을 떨치지 못했을 거예요. 오늘 아침은 절망의 구렁텅이에 빠진 기분이 아니에요. 아침엔 절대로 그런 기분이 들지 않아요. 아침이 있다는 건 정말 굉장한 일 아니에요? 하지만 정말 슬퍼요. 방금 아주머니가 찾던 아이가 바로 저고, 제가 여기 쭉 살게 되는 상상을 하고 있었거든요. 상상하는 동안은 마음이 정말 편했어요. 하지만 상상할 때 가장 나쁜 점은 언젠가는 깨어나야 하고 그때마다 마음이 아프다는 거예요."

"옷을 입고 내려오너라. 상상은 이제 그만하고. 아침 차려 놨다. 세수하고 머리도 빗으려무나. 창문을 열고 이불은 개서 침대 발치에 두거라. 되도록 부지런히 움직여."

마릴라는 간신히 말할 틈을 찾아 재빨리 말했다.

앤은 해야 할 일이 있으면 요령 있게 움직일 줄 아는 아이였다. 머리를 빗어 땋고 세수를 마치고 옷까지 단정하게 입고는 마릴라가 시킨 것을 다했다는 편안한 마음으로 내려왔다. 사실 이불 개는 건 깜박 잊었지만.

앤은 의자에 털썩 앉으며 씩씩하게 말했다.

"오늘 아침은 배가 많이 고파요. 오늘은 어젯밤처럼 바람 소리만 울어대는 황야 같지 않거든요. 화창한 아침이라 정말 기뻐요. 하지만 전 비 내리는 아침도 정말 좋아해요. 아침은 어떤 아침이든 다 신나지 않나요? 하루 동안 무슨 일이 생길지 모르지만 그만큼 상상할 게 많잖아요. 그래도 오늘은 비가 오지 않아서 다행이에요. 화창한 날이 고통을 견디고 기운을 내기에는 더 좋거든요. 전 견뎌야 할 일이 참 많은 거 같아요. 슬픈 이야기를 읽으면서 내가 여주인공이 돼서 그 슬픔을 겪으며 산다고 상상하는 건 참 재미있지만, 실제로 그런 일을 당하는 건 별로예요. 그렇죠?"

"제발 부탁이니 입 좀 다물어라. 조그만 아이가 정말이지 말이 너무 많구나."

앤은 곧바로 고분고분 입을 다물고 한 마디도 하지 않았다. 아이가 조용해지자, 마릴라는 오히려 뭔가 자연스럽지 않은 기분이 들어 더 불편했다. 매슈도 말이 없었지만 그것은 자연스러운 일이었다. 아침 식탁에는 그렇게 정적이 감돌았다.

시간이 갈수록 앤은 점점 더 자기만의 세계로 빠져들

었다. 기계적으로 음식을 먹으면서 커다란 두 눈은 창밖 하늘에 멍하니 못 박혀 있었다. 그 모습에 마릴라는 전보다 더 언짢아졌다. 이 유별난 아이가 몸은 식탁에 앉아 있지만 마음은 상상의 날개를 펼치며 저 멀리 하늘나라로 날아가 공상의 세계를 헤매고 있다는 생각에 마음이 언짢았다. 누가 이런 아이를 집에 두고 싶어 할까?

그런데도 매슈가 이 아이를 데리고 있고 싶어 하다니, 알다가도 모를 일이었다! 마릴라는 매슈가 지난밤의 마음 그대로 아이를 키우고 싶어 할 것을 알았다. 매슈는 항상 그랬다. 머릿속에 뭔가가 들어가 박히면 놀랄 만큼 입을 꾹 다물고 고집을 피웠다. 침묵은 말보다 열 배는 더 강력했다.

식사가 끝나자, 앤은 몽상에서 깨어나 자신이 설거지를 하겠다고 나섰다.

"설거지를 제대로 할 수 있겠니?"

마릴라가 미덥지 못한 말투로 물었다.

"저 잘해요. 아이들 돌보는 건 더 잘하지만요. 제가 그런 쪽으로 경험이 아주 많거든요. 여긴 제가 돌볼 아이들이 없어서 안됐지만요."

"돌봐야 할 아이는 지금 내 앞에 있는 너 하나로 충분한 거 같구나. 너 하나도 감당하기 힘드니까. 너를 어떻게 해야 할지 모르겠구나. 매슈 오라버니도 정말 황당하고."

"아저씨는 멋있으세요. 너그러우시고요. 제가 말을 많이 했는데도 괜찮다고 하셨어요. 아저씨는 제가 마음에 드시는 것 같아요. 저도 아저씨를 보자마자 마음이 통할 거라고 느꼈어요."

앤이 뾰로통하게 말했다. 마릴라는 콧방귀를 뀌었다.

"둘 다 별나긴 하지. 네가 마음이 통한다고 한 게 그런 거라면 말이다. 그래, 설거지를 해 보거라. 뜨거운 물을 넉넉히 붓고 그릇은 꼭 잘 말리고. 오늘 아침엔 할 일이 너무 많구나. 화이트샌즈로 가서 스펜서 부인을 만나야 하니 말이다. 너도 같이 가자꾸나. 가서 네 일을 해결해야지. 설거지를 마치거든 2층에 올라가서 침대도 정돈하고."

앤은 능숙하게 그릇을 씻었다. 마릴라는 그 모습을 유심히 지켜보며 일솜씨가 야무지다고 생각했다. 앤은 침대 정리는 설거지만큼 잘하지는 못했다. 깃털 이불 정리법은 한 번도 배우지 못한 탓이었다. 하지만 나름대로 이불을 개고 이리저리 매만져 반듯하게 정리를 끝냈다. 그러자 마릴라는 앤에게서 벗어날 속셈으로 식사 시간 전까지 밖에 나가 놀아도 된다고 말했다.

앤은 환한 얼굴로 눈을 반짝이며 문으로 달려갔다. 하지만 문 바로 앞에서 걸음을 멈추더니 빙글 돌아와 탁자 옆에 앉았다. 누가 찬물이라도 끼얹은 것처럼 환하게 빛나던 모습이 싹 사라지고 없었다.

"또 무슨 일이냐?"

"못 나가겠어요."

모든 속세의 즐거움을 몽땅 포기한 순교자 같은 목소리였다.

"여기서 계속 살 수 없다면 초록 지붕 집을 사랑해도 소용없잖아요. 지금 나갔다가 저 나무랑 꽃들, 과수원이랑 개울과 친해지면 어떻게 해요. 분명 사랑에 빠지고 말 텐데. 지금도 너무 힘들어요. 더 힘든 일은 안 만들래요. 저도 무척이나 밖에 나가고 싶다고요. 모두가 절 부르는 거 같아요. '앤, 앤, 이리 와. 앤, 우리랑 놀자' 하면서요. 하지만 나가지 않는 게 낫겠어요. 헤어질 수밖에 없다면 사랑해서 뭐하겠어요? 사랑하는 것들을 떠나는 건 너무

고통스럽잖아요? 제가 여기서 살 줄 알고 뛸 듯이 기뻤던 이유도 그거였어요. 여긴 사랑할 게 정말 많고 아무 방해도 안 받을 거라고 생각했거든요. 그 짧은 꿈도 끝이네요. 제 운명이죠. 밖에 나가면 제 운명을 거스르게 될까 봐 안 나가려는 거예요. 창턱에 놓인 저 제라늄은 이름이 뭐예요?"

"사과 향이 나는 제라늄이란다."

"아니요. 그런 이름 말고요. 아주머니가 지어 주신 이름요. 이름을 지어 주지 않으셨어요? 그럼 제가 하나 지어 줘도 될까요? 저 꽃을 뭐라고 부르면 좋을까…… '보니'가 좋겠어요. 제가 여기 있는 동안 저 꽃을 보니라고 불러도 돼요? 네, 허락해 주세요!"

"세상에나. 그러든지. 제라늄에 이름은 붙여서 뭘 어쩌겠다는 거냐?"

"저는요, 아무리 제라늄이라고 해도 이름이 있으면 좋을 거 같아요. 그러면 물건도 사람 같잖아요. 그냥 제라늄이라고만 부르면 제라늄도 기분 나쁘지 않을까요? 아주머니도 누가 이름 말고 여자라고만 부르면 싫으실 거잖아요. 이제 이 제라늄을 '보니'라고 부를래요. 오늘 아침에 침실 창밖의 벗나무에게도 이름을 붙여줬어요. '눈의 여왕'이라고요. 벗나무가 아주 새하얗잖아요. 물론 꽃이 항상 피어 있는 건 아니지만 꽃이 피었다고 상상할 수도 있고요."

마릴라가 감자를 가지러 지하 창고로 내려가며 구시렁 거렸다.

"저런 애는 평생 처음이네. 오라버니 말마따나 재미있 기는 하네. 저 애가 또 무슨 말을 할까 벌써 궁금해지고 말이야. 내게도 마법을 건 건가. 오라버니가 나갈 때 나를 보던 표정에 지난밤에 비쳤던 속내가 고스란히 담겨 있 었는데. 오라버니가 다른 남자들처럼 속 얘기를 하면 좋 겠어. 그러면 말대꾸도 하고 요목조목 따져 보기라도 할 텐데. 멀뚱히 쳐다만 보는 사람이랑 뭘 어쩌겠어?"

앤은 다시 몽상에 빠져들었다. 마릴라가 창고 순례를 마치고 돌아왔을 때 앤은 두 손으로 턱을 괴고 하늘을 쳐 다보고 있었다. 마릴라는 식탁에 이른 점심식사를 다 차 릴 때까지 앤을 방해하지 않았다.

"오라버니, 오늘 오후에 내가 마차 좀 써도 되죠?"

마릴라가 물었다.

매슈는 고개를 끄덕이고는 딱한 눈으로 앤을 보았다. 마릴라는 그 눈길을 가로채며 단호하게 말했다.

"화이트샌즈에 가서 이번 일을 해결해야겠어요. 앤을 데려가면 스펜서 부인이 저 애를 당장 노바스코샤로 돌려보낼 준비를 하겠죠. 오라버니가 드실 차는 준비해 놓을게요. 젖소들 우유 짤 시간까지는 돌아올 거예요."

매슈는 여전히 아무 말이 없었다. 마릴라는 괜한 시간 낭비를 했다고 생각했다. 아무런 대꾸가 없는 남자만큼 약 오르는 것도 없었다. 대꾸가 없는 여자도 마찬가지지만.

나갈 시간에 맞춰 매슈가 말에 마차를 매달았고 마릴라는 앤과 함께 출발했다. 매슈는 마당 문을 열어 주고 마차가 천천히 빠져나가는 동안 혼잣말처럼 중얼거렸다.

"오늘 아침에 크리크에서 제리 부트라는 남자아이가 왔기에 여름에 여기서 일 좀 도우라고 말해 뒀다."

마릴라는 아무 대답도 하지 않았다. 하지만 채찍으로 애꿎은 밤색 말을 어찌나 사정없이 내리쳤는지, 그런 취급을 받아본 적 없는 살찐 말이 화들짝 놀라 성난 듯 오솔길을 불안할 정도로 빨리 달려 내려갔다. 마차가 덜컹

거리며 달리자, 마릴라는 뒤를 돌아봤다. 마릴라의 화를 돋운 매슈는 문에 기대어 아쉬운 눈길로 두 사람을 쳐다보고 있었다.

5

앤의 이야기

앤이 비밀을 털어놓듯 입을 열었다.

"아주머니, 있잖아요. 저는 이 길을 즐겁게 달리기로 마음먹었어요. 경험상 그래야겠다고 마음만 굳게 먹으면 즐겁지 않은 일이 별로 없는 거 같아요. 물론 마음을 정말 단단히 다잡아야 하지만요. 이 길을 달리는 동안에는 고아원으로 돌아간다는 생각은 안 하려고요. 그냥 길만 생각할래요. 와, 보세요. 벌써 작은 들장미 송이가 피었어요! 예쁘죠? 장미꽃이 되면 신날 거 같지 않으세요? 장미가 말할 수 있다면 얼마나 멋질까요? 분명 우리에게 사랑스러운 얘기들을 들려줄 거예요. 또 분홍은 세상에서 가장 매혹적인 색 같지 않으세요? 전 분홍색이 정말 좋은데 분홍색 옷은 못 입어요. 머리가 빨간 사람들은 분홍색 옷은 입을 생각도 못해요. 혹시 어릴 때는 머리색이 빨갰는데 나중에 커서 다른 색이 됐다는 얘기 들어 보셨어요?"

"아니, 한 번도 없다. 너도 그럴 것 같지는 않구나."

마릴라가 냉정하게 대답했다.

앤이 한숨을 내쉬었다.

"휴, 희망이 또 하나 사라졌네요. '내 인생은 희망을 묻는 묘지다.' 예전에 읽었던 책에 나온 말인데, 전 실망스러운 일이 있을 때마다 이 말로 절 위로해요."

"그게 어떻게 위로가 된다는 건지 모르겠구나."

"그게, 아주 멋지고 낭만적으로 들리잖아요. 제가 꼭 책속의 주인공이 된 것처럼요. 전 낭만인 게 정말 좋아요. 그리고 희망이 가득 묻힌 묘지라니, 사람이 상상할 수 있는 말 중에 최고로 낭만적이지 않나요? 그런 묘지가 있다니, 전 오히려 더 기뻐요. 오늘도 '반짝이는 호수'를 지나가나요?"

"배리 연못으로는 안 간다. '반짝이는 호수'가 그 연못이라면 말이다. 우리는 바닷가 길로 갈 거야."

앤은 꿈꾸듯이 입을 열었다.

"바닷가 길이라니, 근사해요. 그 길은 이름처럼 멋있나요? 아주머니가 '바닷가 길'이라고 말씀하시는 순간 마음속에 그림이 하나 떠올랐어요! 화이트샌즈라는 이름도 예쁘지만 전 에이번리가 마음에 들어요. 에이번리는 정말 아름다운 이름이에요. 꼭 음악 소리 같아요. 화이트샌즈까지는 얼마나 멀어요?"

"8킬로미터쯤 된단다. 그렇게 말하는 데 힘쓸 요량이면 차라리 네 이야기를 해 보렴."

"에이, 제 얘기는 별거 없어요. 그 대신 상상 속에서 제가 어떤 모습인지 말해도 좋다고 하시면, 훨씬 재미있으실 거예요."

앤이 간곡하게 말했다.

"아니, 네가 상상하는 모습 같은 건 필요 없다. 있는 그대로 말해보렴. 처음부터 시작해 봐. 태어난 곳은 어디고, 나이는 몇 살이니?"

앤은 작게 한숨을 내쉬더니 이야기를 시작했다.

"지난 3월에 열한 살이 됐어요. 노바스코샤 주에 있는 볼링브룩에서 태어났고요. 아빠 이름은 월터 셜리고 볼링브룩 고등학교 선생님이셨어요. 엄마 이름은 버사 셜리였고요. 월터와 버사 모두 멋진 이름이죠? 부모님 이름이 멋져서 정말 다행이에요. 아빠가, 그러니까 제데디어 같은 이름이었다면 정말 창피했을 거예요. 그렇죠?"

"예절만 바르다면 이름은 별로 중요하지 않지."

마릴라는 아이에게 바람직하고 유익한 교훈을 가르쳐야 한다는 생각으로 말했다.

앤은 생각에 잠긴 얼굴로 말을 이었다.

"음, 전 잘 모르겠어요. 어떤 책에서 장미는 다른 이름으로 불려도 향기로울 거라는 글을 읽었는데, 저는 절대 그렇게 생각하지 않아요. 엉겅퀴나 앉은부채라고 불러도 장미가 지금처럼 아름다울 거라고는 못 믿겠어요. 이름이 제데디어였어도 아빠는 좋은 분이셨겠지만, 뭔가 어울리지 않는 느낌이에요. 아, 엄마도 고등학교 선생님이셨는데 아빠와 결혼한 뒤에 학교를 그만두셨대요. 남편 내조만 해도 힘들잖아요. 토머스 아주머니 말씀으로는, 두 분다 어린아이처럼 순진하기 짝이 없었고 시골 교회 쥐처럼 가난하셨대요. 두 분의 신혼집은 볼링브룩의 아주 작은 노란 집이었대요. 저는 그 집을 본 적이 없지만 상상은 수천 번도 더 했어요. 응접실 창문 위로 인동덩굴이 지나가고 앞뜰에는 라일락이, 울타리 문 바로 안쪽에는 은방울꽃이 피어 있었을 거예요. 맞다, 창문마다 모슬린 커튼이 달렸고요. 모슬린 커튼을 달면 집 안 분위기가 달라지잖아요. 그 집에서 제가 태어났어요. 토머스 아주머니는 그렇게 못생긴 아기는 처음 봤다고 하셨어요. 뼈만 앙상하고 자그마해서 눈밖에 안 보였는데, 그래도 엄마는 제가 무척 예쁘다고 하셨대요. 청소해 주러 오시던 아주머니보다는 엄마가 더 제대로 판단하셨겠죠? 어쨌든 엄마가 저를 예뻐하셨다니 기뻐요. 엄마를 실망시켰다면 무척 슬펐을 거예요. 저를 낳고 얼마 사시지 못했거든요. 엄마가 열병으로 돌아가셨을 때 저는 고작 세 살이었어요. 좀 더 오래 사셨으면 얼마나 좋았을까요. 제가 '엄마'라고 불렀던 기억이라도 간직할 수 있게요. '엄마'라고 부르면 기분이 정말 좋겠죠? 엄마가 돌아가시고 나흘 뒤에 아빠도 열병으로 돌아가셨어요. 그래서 전 고아가 됐고, 토머스 아주머니 말씀으로는 사람들이 저를 어떻게

해야 할지 고민했대요. 그러니까 아주머니, 그때도 저를
아무도 원치 않았던 거예요. 그게 제 운명인가 봐요. 아
빠랑 엄마가 다 먼 외지 출신이었고 사람들이 알기론 살
아 계신 친척도 없었대요. 결국 토머스 아주머니가 저를
맡으셨죠. 가난한 데다 아저씨는 술주정뱅이였는데도요.
아주머니는 손수 우유를 먹이며 저를 키우셨대요. 그런
보살핌을 받고 자란 아이는 다른 사람보다 더 착해야 하
나요? 제가 말을 안 들을 때마다 손수 돌보며 키웠는데
어떻게 그리 나쁜 아이가 될 수 있냐고 못마땅해 하셨거
든요.

　토머스 아주머니네가 볼링브룩에서 메리스빌로 이사
해서, 저는 거기서 여덟 살까지 살았어요. 아주머니를 도
와 아이들을 돌봤죠. 저보다 어린 아이들이 넷이었는데,
정말 일일이 다 챙겨야 했어요. 그러다가 토머스 아저씨
가 기차에서 떨어져 돌아가신 거예요. 아저씨의 어머니가
토머스 아주머니와 아이들을 데려가겠다고 하셨는데, 저
까지는 데려갈 수 없다고 하셨어요. 아주머니도 저를 어
찌해야 좋을지 난감했다고 하시더라고요. 그때 강 위쪽에
사시는 해먼드 아주머니가 저를 맡겠다고 하셨어요. 제가

아이들을 잘 돌보는 걸 아신 거죠. 그래서 저는 강 위쪽에 나무 그루터기만 남은 작은 개간지에서 해먼드 아주머니랑 살게 됐어요. 거긴 너무 쓸쓸한 곳이었어요. 상상력이 없었다면 견디지 못했을 거예요. 해먼드 아저씨는 작은 목재소에서 일하셨어요. 해먼드 아주머니는 아이가 여덟이나 됐어요. 쌍둥이를 세 번이나 낳으셨거든요. 저도 아기들을 좋아해요. 하지만 세 번 연달아 쌍둥이라니 너무 많잖아요! 마지막 쌍둥이가 태어났을 때 해먼드 아주머니께 제 생각을 분명히 말씀드렸어요. 아이들을 쫓아다니다가 정말 녹초가 되었거든요.

거기서 해먼드 아주머니랑 2년 넘게 살았어요. 그러다가 해먼드 아저씨가 돌아가시자 아주머니가 집안일을 아예 포기하더니, 아이들을 여기저기 친척집에 맡기고 미국으로 가 버리셨죠. 저도 호프턴의 고아원으로 가야 했고요. 아무도 절 데려가려 하지 않았거든요. 저를 원치 않는 건 고아원도 마찬가지였어요. 자리가 없다고 하더라고요. 하지만 절 받을 수밖에 없었고, 저는 스펜서 아주머니가 오시기까지 넉 달 동안 거기서 지냈어요."

앤은 안도의 한숨을 내쉬며 이야기를 마쳤다. 아무도

자기를 원하지 않는 세상에서 겪었던 일을 말하기가 싫었던 게 분명했다.

마릴라가 바닷가 길 쪽으로 말을 몰며 물었다.

"학교는 다녔니?"

"얼마 못 다녔어요. 토머스 아주머니네에서 살던 마지막 해에 잠깐 다녔어요. 강 위쪽에서 살 때는 학교가 너무 멀어서 겨울엔 걸어 다니기 힘들었고 여름엔 방학이 있어서 봄이랑 가을에만 다녔고요. 고아원에 있을 때도 당연히 학교에 갔죠. 저는 책도 꽤 잘 읽고 외우는 시도 아주 많아요. 〈호엔린덴의 전투〉하고 〈플로든 전투 후의 에든버러〉 그리고 〈라인 강변의 빙엔〉이랑 〈호수의 여인〉도 외우고, 제임스 톰슨의 〈사계〉도 거의 외워요. 등골이 오싹해지는 시를 읽으면 정말 좋지 않으세요? 5학년 교과서에서 본 〈폴란드의 멸망〉은 소름이 돋아요. 전 물론 5학년이 아니라 4학년이었지만, 언니들이 책을 빌려주곤 했어요."

"그 사람들, 그러니까 토머스 아주머니나 해먼드 아주머니는 잘해 주셨니?"

마릴라가 곁눈으로 앤을 보며 물었다.

"아, 네……."

앤이 기어들어가는 목소리로 대답했다. 감정을 고스라니 드러낸 작은 얼굴이 갑자기 빨개지며 당황한 기색이 역력했다.

"네, 두 분 다 잘해 주려고 하셨어요. 될 수 있는 한 친절하고 다정하게 대해 주려고 하셨을 거예요. 잘해 주려고 한다는 걸 알고 있으면 그 사람이 항상 잘해 주지 못해도 괜찮잖아요. 두 분은 나 말고도 걱정거리가 많았으니까요. 술주정뱅이 남편을 둔 것도 정말 괴로운 일인데, 세 번이나 연달아 쌍둥이를 낳았으니 얼마나 힘드셨겠어요. 아주머니도 그렇게 생각하시죠? 그래도 두 분은 제게 잘해 주려 하셨던 게 확실해요."

앤은 바닷가 길을 보며 황홀감에 빠져 조용해졌다. 마릴라도 더는 묻지 않고 밤색 말을 건성으로 몰며 깊은 생각에 잠겼다. 아이가 가엾다는 생각이 불쑥 마릴라의 마음을 뒤흔들었다. 사랑받지 못한 채 얼마나 굶주린 삶을 살았을까. 고되고 가난하며 무시받는 삶이었을 것이다. 눈치 빠른 마릴라는 앤의 이야기에서 행간을 읽고 진실을 파악했다. 진짜 집이 생겼다며 그토록 기뻐한 것도 이해가 갔다. 고아원으로 돌아가야 한다니, 앤에게는 딱한 일이었다. 매슈의 설명하기 힘든 변덕을 받아들여 아이를 키우면 어떨까? 매슈는 이미 마음을 정했고, 아이는 착해 보이는 데다 가르치는 맛도 있을 듯했다.

'말이 너무 많긴 하지만 가르치면 고칠 수도 있지. 버릇없거나 말이 거칠거나 하지도 않고. 얌전하기도 하고. 부모는 좋은 사람들이었는지도 모르지.'

바닷가 길은 '사람 손을 타지 않은 듯 나무가 우거지고 적막했다.' 오른쪽에는 전나무들이 긴 세월 세찬 바닷바람에 꿋꿋이 맞서며 울창한 숲을 이루고 있었다. 왼쪽으로는 깎아지른 듯한 붉은 사암 절벽이 있었는데, 달리는 길 곳곳이 절벽에 바짝 붙어 있어서 밤색 말처럼 침착한 말이 아니었다면 마차를 탄 사람들은 온 신경이 쭈뼛거렸을 것이다. 절벽 아래에는 파도에 깎인 바위들과, 자갈들이 바다의 보석처럼 박힌 모래밭이 있었다. 그 너머로 빛을 받아 일렁이는 푸른 바다가 펼쳐졌고, 갈매기들이 햇빛을 받아 은빛 날개를 반짝이며 하늘 높이 날아올랐다.

눈만 동그랗게 뜨고 한참 말이 없던 앤이 긴 침묵을

깼다.

"바다는 정말 경이롭지 않아요? 언젠가 메리스빌에 살 때였는데 토머스 아저씨가 화물차를 빌려와서 우리를 전부 태우고 16킬로미터 정도 떨어진 바닷가로 놀러 갔어요. 그날도 내내 아이들을 쫓아다녀야 했지만, 그래도 한순간 한순간이 모두 즐거웠어요. 그 뒤로 몇 년 동안은 그날을 꿈꾸며 행복했어요. 그런데 여기 바닷가가 메리스빌의 바닷가보다 더 멋있어요. 저 갈매기들도 정말 멋지죠? 아주머니는 갈매기가 되고 싶으세요? 전 되고 싶은 것 같아요. 그러니까 사람으로 태어나지 않았다면 말이에요. 동이 틀 때 깨어나 물 위로 곤두박질치기도 하고 푸른 바다 위를 온종일 날고, 그러다가 밤이 되면 둥지로 돌아오고, 그러면 좋을 것 같지 않으세요? 와, 제가 그렇게 사는 모습이 상상이 돼요. 저 앞의 큰 집은 뭐예요?"

"화이트샌즈 호텔이란다. 커크 씨가 운영하는데 아직 붐빌 철은 아니야. 여름에 미국인들이 몰려들지. 여기 바닷가가 마음에 드나 보더구나."

"스펜서 아주머니가 계시는 곳인 줄 알고 걱정했어요.

그곳에 도착하지 않았으면 좋겠어요. 왜인지 그 순간 모든 게 끝나버릴 것 같거든요."

앤이 슬픔에 잠긴 목소리로 말했다.

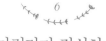

마릴라가 결심하다

두 사람은 머지않아 목적지에 도착했다. 스펜서 부인은 화이트샌즈 만에 있는 커다란 노란색 집에 살았다. 인자해 보이는 스펜서 부인은 놀라움과 반가움이 뒤섞인 얼굴을 하고 현관으로 나오며 외쳤다.

"어머나, 세상에, 오늘 올 줄은 생각도 못했어요. 이렇게 보니 정말 반가워요. 말은 들여놨어요? 잘 지냈니, 앤?"

"덕분에 잘 있었어요. 고맙습니다."

앤이 웃음기 없는 얼굴로 대답했다. 얼굴에는 어두운 그림자가 드리워져 있었다.

마릴라가 말했다.

"말이 쉬는 동안만 잠깐 실례할게요. 오라버니에게 얼른 다녀오겠다고 약속했거든요. 스펜서 부인, 뭔가 착오가 생겨서 어떻게 된 일인지 여쭈러 왔어요. 오라버니와 제가 부인께 부탁드린 건 남자아이였거든요. 동생 분에게 열 살에서 열한 살쯤 된 남자아이가 필요하다고, 그렇게 전해 달라고 했답니다."

"마릴라 커스버트, 그럴 리가요! 로버트가 딸 낸시를 보내서 두 분이 여자아이를 원한다고 하던걸요. 낸시가 그렇게 말했지, 플로라 제인?"

스펜서 부인이 난처한 얼굴로 말하더니, 계단으로 나온 딸에게 도움을 청하듯이 물었다.

"맞아요. 그랬어요, 커스버트 아주머니."

플로라 제인은 숨기는 기색 없이 사실을 확인해 주었다.

"일이 이렇게 돼서 정말이지 유감이에요. 너무 딱하게 됐네요. 하지만 커스버트 부인, 제 잘못은 아니랍니다. 저는 최선을 다했고 틀림없이 부탁받은 대로 했는데. 낸시가 좀 말도 못하게 덜렁거려요. 침착하라고 저도 매번 따끔하게 혼내곤 한답니다."

"우리 잘못이에요. 중요한 부탁이었는데, 그런 식으로 건너건너 전할 게 아니라 직접 부인을 찾아왔어야 했어요. 어쨌든 이미 이렇게 됐으니 바로잡아야겠죠. 아이를 고아원으로 돌려보내도 될까요? 고아원에서 다시 받아주겠죠, 아닐까요?"

마릴라는 어쩔 수 없다는 듯 말했다.

"받아주기는 할 거예요. 하지만 굳이 돌려보내지 않아도 돼요. 어제 피터 블루엣 부인이 오셔서 일을 도와줄 어린 여자아이를 알아봐 달라고 부탁했거든요. 블루엣 부인 댁이 워낙 내가족이라 일할 사람을 구하기가 쉽지 않잖아요. 앤이 그 집에 딱 맞겠네요. 하늘의 뜻인가 봐요."

스펜서 부인은 생각에 잠긴 얼굴로 대답했다.

마릴라는 이 일이 그다지 하늘의 뜻이라고 생각하는 표정은 아니었다. 반갑지 않은 고아 아이를 내보낼 수 있는 뜻밖의 기회가 찾아왔는데도 반가운 마음이 들지 않았다.

마릴라도 피터 블루엣 부인을 본 적이 있었는데, 살집이라곤 하나 없는 자그마한 체구에 잔소리가 심할 것처럼 생긴 여자였다. '억척스레 일하고 일꾼을 모질게 부리는 사람'이라는 게 피터 블루엣 부인에 대한 세간의 평이었다. 그 집에서 일하다가 쫓겨난 하녀들은 블루엣 부인이 성미가 고약하고 인색하기 짝이 없으며, 아이들은 버릇없고 툭하면 싸움질이라면서 혀를 내둘렀다. 마릴라는 앤을 그런 고약한 여자에게 보내려니 마음이 편치 않았다.

"글쎄요. 들어가서 얘기를 좀 더 나눠 보죠."

"어머, 마침 블루엣 부인이 저기 오시네요!"

스펜서 부인이 반갑게 소리치며 복도 안쪽의 응접실로 부산스레 손님들을 안내했다. 응접실에는 오싹한 냉기가 돌았다. 짙은 초록색 블라인드를 빛이 새어들지 않게 한참 동안 쳐 놓아서 온기가 하나도 없이 다 식어 버린 듯했다.

"정말 운이 좋네요. 문제가 바로 해결되겠어요. 커스버트 부인, 저기 팔걸이의자에 앉으세요. 앤, 너는 이 수납 의자에 앉으렴. 꼼지락거리지 말고. 모자는 다들 서한데 주세요. 플로라 제인, 가서 주전자 좀 올려놓거라. 어서 오세요, 블루엣 부인. 부인이 때맞춰 오셔서 잘됐다는 얘기를 하던 중이었어요. 두 분 인사 나누세요. 이쪽은 블루엣 부인이고, 이쪽은 커스버트 부인이랍니다. 잠깐만 실례할게요. 플로라 제인에게 오븐에서 빵을 꺼내라고 말하는 걸 깜박 잊었네요."

스펜서 부인이 블라인드를 올리고는 급히 나갔다. 앤은 작은 수납 의자에 말없이 앉아, 꽉 움켜쥔 두 손을 무릎 위에 올린 채 넋을 빼앗긴 듯 블루엣 부인을 바라보았다. 매서운 얼굴에 날카로운 눈을 한 이 여자의 집에 가야 하는 걸까? 앤은 목에서 뭔가가 치밀어 오르고 눈이 욱신거리는 느낌이었다. 눈물이 나오면 어쩌지 하는데, 스펜서 부인이 발갛게 화색이 도는 얼굴로 돌아왔다. 육체적인 문제든 정신적인 문제든 영혼의 문제든 어떤 어려움도 잘 헤아려서 해결할 수 있다는 얼굴이었다.

"이 아이 일에 착오가 생긴 것 같아요, 블루엣 부인. 커스버트 씨 댁에서 어린 여자아이를 입양하고 싶어 하는 줄 알았거든요. 분명히 그렇게 들었는데 이분들은 남자아이가 필요했나 봐요. 그러니 부인께서 어제와 같은 마음이시라면 이 아이가 부인께 딱 맞을 듯한데요."

블루엣 부인이 앤에게 눈길을 휙 던져 머리부터 발끝까지 훑어보며 캐물었다.

"나이는 몇 살이고 이름은 뭐지?"

"앤 셜리예요. 열한 살이고요."

앤은 철자에 주의해 달라는 당부도 잊은 채 겁 먹어 움츠러든 목소리로 머뭇머뭇 대답했다.

"흠! 뭘 할 줄 알 것 같진 않지만 강단은 있어 보이는구나. 이러나저러나 결국엔 강단 있는 게 제일이지. 자, 나랑 같이 가면 착한 아이가 되어야 한다. 착하고 야무지고 예의 바르게 굴어야 해. 네 밥값은 확실히 해야 하고. 커스버트 부인, 좋아요. 내가 이 애를 데려갈게요. 갓난아기가 얼마나 보채는지, 애 보느라 진이 다 빠졌어요. 괜찮으시면 지금 바로 데려가고 싶은데요."

마릴라는 앤을 보았다. 창백해져서 입도 뻥긋 못하고 있는 아이가 보였다. 앤은 도망쳐 나온 덫에 또다시 걸려든 무기력한 어린 짐승처럼 서글퍼 보였다. 그냥 모른 체했다가는 그 간절한 표정이 죽는 날까지 머릿속을 떠나지 않을 것 같았다. 게다가 마릴라는 블루엣 부인이 마음에 들지 않았다. 감수성 넘치고 '들뜨기 잘하는' 이 아이를 저런 여자한테 보낸다고! 아니, 그런 짓은 할 수 없었다!

마릴라가 천천히 말했다.

"글쎄요. 잘 모르겠군요. 오라버니와 제가 이 아이를 확실히 보내기로 결정했다고 말하진 않았는데요. 사실 오라버니는 아이를 데리고 있을 마음도 없지 않아요. 제가 온건 단지 왜 일이 이렇게 되었는지 알아보고 싶어서였어요. 아이는 제가 다시 집으로 데려가서 오라버니와 상의해 보는 게 좋겠어요. 오라버니와 의논하지 않고 혼자 결정하면 안 될 것 같네요. 아이를 보내기로 결정하면 내일 밤에 아이만 보내거나 직접 데리고 올게요. 아이를 보내지 않으면 우리가 데리고 있기로 했다고 생각하시면 돼요. 그래도 괜찮으시겠어요, 블루엣 부인?"

마릴라의 말을 들으면서 앤의 얼굴은 새해가 돋는 아침처럼 점점 밝아졌다. 절망스러운 표정이 조금씩 가시면서 희망의 빛이 발그스름 올라왔고, 눈빛이 깊어지며 샛별처럼 환히 빛났다. 조금 전과 완전히 다른 모습이었다. 잠시 후, 블루엣 부인이 원래 빌리러 왔던 요리책을 찾으러 스펜서 부인과 함께 나가자 앤이 자리에서 벌떡 일어나 마릴라에게 달려갔다.

"아, 커스버트 아주머니, 정말로 제가 초록 지붕 집에서 지낼 수도 있는 거예요?"

앤은 크게 말하면 이 믿기지 않는 기적이 산산이 부서

지기라도 할 듯 가쁜 목소리로 숨죽여 물었다.

"정말로 그렇게 말씀하셨어요? 아니면 그렇게 말씀하셨다고 제가 상상한 건가요?"

"현실인지 아닌지도 구분 못할 정도라면 그 상상력을 조절하는 법부터 배워야겠구나, 앤. 그래, 정확히 들었다. 하지만 아직 결정한 건 아무것도 없어. 어쩌면 블루엣 부인한테 널 보낼 수도 있지. 나보다는 그 부인이 네가 훨씬 더 필요하다고 하니까 말이다."

마릴라가 심사가 편치 못한 목소리로 말했다.

"그 아주머니와 같이 사느니 고아원으로 돌아가는 게 나아요. 그 아주머니는 꼭…… 꼭 송곳처럼 생겼단 말이에요."

앤이 격정적으로 말했다.

마릴라는 웃음이 나오려 했지만 그런 말은 꾸짖어야 한다는 생각에 꾹 참고 엄하게 말했다.

"너 같은 어린애가 아주머니나 낯선 사람을 보고 그렇게 말하는 건 부끄러운 일이야. 자리에 얌전히 앉아서 입 다물고 착한 아이처럼 행동하거라."

"노력할게요. 뭐든 하라시는 대로 하도록 노력할게요.

절 보내지만 않으시면요."

앤은 원래 앉았던 의자로 순순히 돌아가 앉았다.

그날 저녁 초록 지붕 집으로 돌아오니 매슈가 오솔길까지 나와 서성거리고 있었다. 마릴라는 멀리서부터 매슈를 알아봤고 그 이유도 짐작했다. 일단 앤을 데리고 돌아온 것을 보면 매슈가 안도의 표정을 지을 게 뻔했다. 하지만 마릴라는 아무 말도 꺼내지 않다가, 매슈와 같이 헛간 뒤뜰에서 우유를 짤 때에야 앤이 살아온 이야기며 스펜서 부인과 나눈 대화 등을 간단하게 들려주었다.

"그 블루엣이라는 여자한테는 아끼는 개 한 마리도 주지 않을 거야."

매슈가 평소와 달리 활기찬 목소리로 말했다.

마릴라도 그 부분은 인정했다.

"나도 그 여자가 마음에 들지 않아요. 하지만 오라버니, 그 애를 보내든지 아니면 우리가 키우든지 결정해야 해요. 어쨌든 오라버니는 아이를 데리고 있고 싶어 하는 것 같은데, 저도 못 키울 건 없다고 생각해요. 아니, 그래야 할 듯해요. 하도 그 생각만 해서 그런지 꼭 그래야 할 것 같아요. 의무감마저 든다니까요. 난 아이는, 그것도 여자아이는 한 번도 키워본 적이 없어요. 아마 엉망진창이 될지도 몰라요. 하지만 할 수 있는 만큼은 할게요. 그러니까 내 생각에는, 아이가 여기서 지내도 괜찮을 것 같아요, 오라버니."

매슈의 수줍은 얼굴이 기쁨으로 빛났다.

"그래, 그렇게 생각할 줄 알았다, 마릴라. 저 애는 정말 재미있는 아이야."

"오라버니가 저 애를 쓸모 있는 아이라고 말했다면 더 간단했을 거예요. 내가 그렇게 되도록 교육할 거예요. 그러니 오라버닌 내 방식에 간섭하지 마세요. 노처녀라 아이 키우는 법은 잘 모르지만, 노총각보다야 낫겠죠. 오라버니는 내게 그냥 맡겨요. 내가 하다하다 안 되면 그때 참견해도 늦지 않을 테니까."

마릴라가 쏘아붙였다.

"그래그래, 마릴라. 네 방식대로 해. 다만 아이 버릇이 나빠지지 않을 정도로만 잘 대해 줘. 내가 보기에 저 아이는 일단 널 사랑할 수 있게만 해 주면 무슨 일이든 잘 따라할 게야."

매슈가 마릴라를 안심시키듯 말했다.

마릴라는 매슈가 여자들 일에 이러쿵저러쿵하자, 콧방귀를 뀌고는 우유통을 들고 나갔다. 그러고는 우유를 크림 만드는 통에 부으며 생각했다.

'오늘 밤에는 앤에게 여기서 같이 지내자는 말을 말아야겠어. 너무 들떠서 한잠도 못 잘 거야. 마릴라 커스버트, 이제 골머리 좀 앓겠어. 고아 여자애를 입양할 날이 올지 생각이나 했나? 이것만으로도 놀라운데 오라버니가 먼저 앤을 키우자고 하니 더 놀랍지, 뭐. 여자애들이라면 질색하더니. 어쨌든 모험을 해 보기로 했으니, 어떻게 될지는 두고 보면 알겠지.'

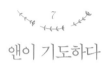

7

앤이 기도하다

마릴라는 앤을 어제 묵었던 다락방으로 데리고 올라가며 무뚝뚝하게 말했다.

"앤. 어젯밤에 옷을 벗어서 바닥에 아무렇게나 던져 놨더구나. 정리 정돈 습관이 안 됐다는 건데, 난 절대 그런 행동을 봐줄 수 없단다. 양말 한 짝이라도 벗으면 그 즉시 단정하게 개어 의자에 올려 두거라. 단정치 못한 여자애는 우리 집에 아무 필요가 없다."

"어젯밤에는 너무 괴로워서 옷에 신경을 못 썼어요. 오늘은 예쁘게 개어 놓을게요. 고아원에서도 항상 그렇게 하라고 시켰거든요. 깜빡 잊을 때도 많았지만요. 빨리 침대에 누워서 조용히 상상하고 싶어서요."

"여기서 지내려면 기억을 좀 더 잘해야 할 게다. 자, 그런대로 잘 갔구나. 이제 기도하고 잠자리에 들거라."

마릴라가 타이르듯 말했다.

"전 기도를 해 본 적이 없는데요."

마릴라는 깜짝 놀라 기가 막혔다.

"아니, 앤, 그게 무슨 소리냐? 기도하는 법을 배운 적이 없어? 하느님은 늘 어린아이들이 기도하는 소리를 듣고 싶어 하신단다. 하느님이 누군지는 아니?"

질문이 떨어지기 무섭게 앤은 암송하듯 대답했다.

"하느님은 영靈이시고 무한하시고 영원하시며 불변하세요. 존재하심에 있어 현명하시고 전능하시며 거룩하시고 공의하시고 선하시며 진리인 분이세요."

마릴라의 표정이 안도감으로 누그러졌다.

"뭐라도 알긴 아니 다행이구나! 이교도는 아닌 것 같으니 말이다. 그건 어디에서 배웠니?"

"고아원 주일학교에서요. 교리문답을 통째로 외게 했거든요. 전 그 시간이 참 좋았어요. 멋진 말들이 많이 나오잖아요. '무한하시고 영원하시며 불변하시다.' 웅장하지 않나요? 이 말들엔 어떤 울림 같은 게 있어요. 커다란 오르간을 연주할 때처럼요. 시가 아닌데, 꼭 시처럼 들려요. 그렇지 않나요?"

"앤, 지금 시 얘기를 하는 게 아니란다. 기도에 대해 말하는 중이야. 매일 밤 기도를 하지 않는 게 얼마나 나쁜 짓인지 모르니? 네가 정말 나쁜 아이가 아닌지 걱정이구나."

"아주머니도 빨강 머리라면 착한 아이보다는 나쁜 아이가 되기 더 쉽다는 걸 아실 거예요. 빨강 머리가 아닌 사람은 그게 얼마나 괴로운 일인지 몰라요. 토머스 아주머니는 하느님이 뜻하신 바가 있어서 제 머리를 빨갛게 만드셨다는데, 전 그때부터 하느님이 좋지 않았어요. 게다가 너무 지쳐서 밤이면 기도할 정신도 없었고요. 쌍둥이들을 돌보는 사람한테 기도까지 하라는 건 너무해요. 솔직히 아주머니도 그렇게 생각하시죠?"

앤이 원망 섞인 목소리로 얘기했다.

마릴라는 앤에게 당장 종교 교육을 시켜야겠다고 결심했다. 망설일 시간이 없었다.

"앤, 여기서 사는 동안에는 반드시 기도를 해야 한다."

"그럼요. 당연히 그럴게요. 아주머니가 원하신다면요. 아주머니를 위해서라면 뭐든지 할게요. 하지만 아주머니가 기도하는 법을 알려 주세요. 잠자리에 누워서 매일 아주 근사한 기도를 하는 상상을 해 볼래요. 생각해 보니 정말 재미있을 거 같아요."

앤은 씩씩하게 응했다.

"무릎을 꿇어야지."

마릴라가 당혹스러워하며 말했다.

앤은 마릴라의 무릎 앞에 꿇어앉아 진지한 얼굴로 올려다봤다.

"왜 기도할 때 무릎을 꿇어요? 저라면 정말 기도하고 싶을 때 이렇게 하겠어요. 혼자서 넓디넓은 들판이나 깊고 깊은 숲속에 들어가서, 한없이 푸르른 아름다운 파란 하늘을 높이높이 올려다보는 거예요. 그러면 정말 기도하는 느낌이 들 거 같아요. 음, 이제 준비됐어요. 뭐라고 말하면 돼요?"

마릴라는 당혹스럽기만 했다. 처음에는 앤에게 '하느님, 이제 잠자리에 듭니다'라는 아이들이 주로 하는 기도문을 가르칠 생각이었다. 그러나 앞서 얘기했듯이 마릴라

는 어렴풋하나마 유머 감각이 꿈틀대는 사람이었고, 그
것은 곧 상황에 맞게 대처할 만큼은 지각이 있다는 뜻이
었다. 하얀 잠옷을 입고 어머니의 무릎에 앉아 혀짤배기
소리로 하는 어린아이들의 단순하고 짧은 기도문은, 하느
님의 사랑을 알지도 못하고 관심도 없는 이 주근깨투성
이 꼬마 마녀에게는 전혀 어울리지 않는다는 생각이 문
득 들었다. 아이는 인간의 사랑을 통해 전달되는 하느님
의 사랑을 결코 느껴 본 적이 없었기 때문이다.

마침내 마릴라가 말했다.

"앤, 넌 어린애가 아니니 스스로 해 보거라. 하느님이 네게 베풀어 주신 은혜에 감사드리고 네가 원하는 걸 겸손하게 말씀드리면 된단다."

앤은 마릴라의 무릎에 얼굴을 묻으며 약속했다.

"네, 최선을 다해 볼게요. 하늘에 계신 자애로우신 아버지, 교회에서 목사님들이 이렇게 하시던데 제가 기도드릴 때도 똑같이 하면 되는 거죠?"

앤이 잠시 고개를 들어 묻더니, 다시 얼굴을 무릎에 묻었다.

"하늘에 계신 자애로우신 아버지, '기쁨의 하얀 길'과 '반짝이는 호수'와 '보니'와 '눈의 여왕'을 만나게 해 주셔서 감사합니다. 그 점은 정말로 더없이 감사드려요. 그리고 지금은 감사드릴 수 있는 게 그것밖에 없어요. 제가 원하는 걸 말씀드릴게요. 셀 수 없을 만큼 많아서 하나하나 다 말씀드리면 시간이 너무 많이 걸릴 테니, 가장 중요한 것 두 가지만 말씀드릴게요. 제발 초록 지붕 집에서 살게 해 주세요. 그리고 이다음에 커서 예뻐지게 해 주세요. 하느님 아버지를 존경하는 앤 셜리 올림."

앤이 몸을 일으키며 잔뜩 기대하는 얼굴로 물었다.

"저 잘했나요? 생각할 시간만 더 있었어도 훨씬 더 근사하게 할 수 있었을 거예요."

가엾은 마릴라는 까무러칠 정도로 놀랐지만, 이처럼 엉뚱한 간청도 앤이 불경해서라기보다 종교적으로 무지해서라고 생각했다. 마릴라는 아이를 침대에 눕히면서 내일 당장 기도하는 법부터 가르치겠다고 속으로 다짐했다. 그리고는 촛불을 들고 방을 나서는데 앤이 마릴라를 불렀다.

"이제 생각났어요. 마지막에 '아멘'을 해야 했는데. 그렇죠? 목사님들이 그렇게 하셨거든요. 깜박 잊었어요. 어떻게든 기도를 끝내야 한다고 생각하다가 다른 말을 해 버렸어요. 그래도 상관없나요?"

"뭐…… 상관없을 게다. 이제 착한 아이답게 자리에 눕거라. 잘 자라."

"오늘 밤은 진심으로 '좋은 밤Good Night!'이라고 말할 수 있어요."

앤이 베개를 한껏 껴안으며 말했다.

마릴라는 부엌으로 내려와 식탁 위에 촛불이 넘어지지

않도록 단단히 세운 뒤에 매슈를 똑바로 쳐다보았다.

"매슈 오라버니. 이제 오라버니나 내가 저 아이를 입양해서 뭐든 가르쳐야 해요. 지금은 이교도나 다름없다니까요. 기도를 한 게 오늘 밤이 처음이라니 믿어지세요? 내일은 목사관에 보내서 '새벽' 성경 공부 책을 빌려 오라고 해야겠어요. 그리고 적당히 입을 옷들을 만드는 대로 주일학교에도 보내고요. 눈코 뜰 새 없이 바빠지겠어요. 하긴 뭐, 이 세상 살다 보면 누구나 제 몫의 역경을 헤쳐 나가야 하니까요. 그런 점에서 난 지금까지 꽤 편히 살았는데, 마침내 내 몫을 해야 할 때가 왔네요. 그저 최선을 다할밖에요."

앤의 교육이 시작되다

마릴라는 생각하는 바가 있어 다음 날 오후까지 앤에게 '초록 지붕 집에서 살게 되었다'고 말해 주지 않았다. 그 대신 오전 내내 앤에게 이것저것 시키면서 일하는 모습을 유심히 지켜보았다. 그리고 정오쯤 되어, 앤이 영리하고 말을 잘 들으며 무슨 일이든 즐겁게 하고 빨리 배운다고 결론을 내렸다. 가장 큰 단점은 한번 몽상에 빠지면 하던 일을 까맣게 잊고 사고를 치거나 호되게 꾸짖는 소리를 듣고서야 현실 세계로 돌아온다는 점이었다.

점심 설거지를 마친 앤은 어떤 나쁜 소식도 들을 각오가

되어 있다는 표정으로 불쑥 마릴라 앞을 막아섰다. 작고 야
윈 몸이 머리끝부터 발끝까지 떨렸고, 얼굴은 붉게 상기된
채 동공이 팽창되어 눈동자가 까맣게 보일 지경이었다.
앤은 두 손을 꽉 움켜잡고 애원하는 말투로 입을 열었다.

"커스버트 아주머니. 아아, 제발 저를 돌려보낼지 말지
말씀해 주시면 안 될까요? 아침 내내 참고 기다리려고 애
썼지만 더는 못 하겠어요. 너무 끔찍한 기분이에요. 제발
말씀해 주세요."

"뜨거운 물로 행주를 소독하라고 했는데 안 했더구나.
그 일부터 끝내고 와서 궁금한 걸 물어라, 앤."

마릴라는 눈썹도 꿈쩍하지 않았다.

앤은 부엌으로 가서 뜨거운 물로 행주를 헹구더니, 다
시 돌아와 간절한 눈빛으로 마릴라를 올려다 보았다. 더
는 미룰 핑계가 없었다.

"그래. 이제 말해 주는 게 좋겠구나. 매슈 오라버니와
나는 너를 데리고 있기로 결정했단다. 그러니까 네가 착
한 아이가 되려고 노력하고 감사하는 마음을 가진다면
말이야. 아니, 얘야. 왜 그러니?"

"눈물이 나요. 왜 눈물이 나는지 모르겠어요. 지금 이

이상 기쁠 수 없을 만큼 기뻐요. 아니, 기쁘다는 말로는 부족해요. '기쁨의 하얀 길'을 봤을 때 기뻤으니까요. 그런데 이건! 이건 그렇게 기쁜 거랑은 좀 달라요. 너무 행복해요. 정말 착한 아이가 되도록 노력할게요. 아마 힘들긴 할 거예요. 토머스 아주머니는 제가 구제불능의 못된 아이라고 하셨지만, 정말 최선을 다할게요. 그런데 왜 자꾸 눈물이 날까요?"

"너무 흥분하고 감정이 북받쳐서 그렇겠지. 의자에 앉아 마음을 좀 가라앉히거라. 너무 쉽게 울고 웃어서 걱정이구나. 그래. 넌 여기서 살 거고 우린 우리가 해야 할 도리를 다할 거야. 학교도 가야 할 텐데, 2주 뒤면 방학이니까 9월 새 학기부터 다니는 걸로 하자꾸나."

마릴라가 마뜩잖은 기색으로 말했다.

"아주머니를 어떻게 부를까요? 커스버트 부인이라고 불러야 하나요? 마릴라 이모님이라고 할까요?"

"아니다. 그냥 마릴라 아주머니라고 부르거라. 커스버트 부인은 익숙지 않아서 나도 불편하구나."

"마릴라 아주머니라고 하면 예의 없어 보일 거 같아요."

"말만 예의 바르면 그렇게 불러도 예의 없어 보이진 않을 거다. 에이번리 사람들 중에 목사님 말고 아이든 어른이든 다 날 그렇게 부른단다. 목사님은 커스버트 부인이라고 부르긴 하는데, 그것도 한 번씩 생각날 때만 그러시지."

"마릴라 이모님이라고 부르고 싶어요. 전 이모님이나 다른 친척이 한 명도 없어요. 할머니도 안 계신걸요. 그렇게 부르면 제가 정말로 아주머니 가족이 된 기분이 들 거예요. 마릴라 이모님이라고 부르면 안 돼요?"

앤이 간절함이 담긴 눈길을 보냈다.

"안 된다. 난 네 이모가 아니니까. 누구든 진짜가 아닌 이름으로 불려서는 안 된단다."

"아주머니가 제 이모님이라고 상상하면 되잖아요."

"난 못한다."

마릴라가 냉정하게 말했다.

"정말로 무언가를 사실과 다르게 상상해 본 적이 한 번도 없으신가요?"

앤이 눈을 동그랗게 뜨고 물었다.

"없다."

"아! 커스버트…… 아니, 마릴라 아주머니, 그럼 너무 재미가 없잖아요!"

앤이 한숨을 길게 내쉬었다. 마릴라가 엄하게 반박했다.

"난 사실과 다르게 상상하는 걸 좋아하지 않아. 하느님이 우리를 어떤 상황에 놓이게 하신 뜻은, 우리에게 그 상황을 부정하고 다른 상상을 하라는 게 아니야. 그러고 보니 생각나는구나. 앤, 거실로 가서 벽난로 위 선반에 있는 그림 카드를 가져오너라. 발 깨끗이 씻는 거 잊지 말고 파리 들어가지 않도록 조심하고. 주기도문이 적힌 카드란다. 오후에 시간 날 때마다 읽고 외우거라. 어젯밤처럼 기도하는 일은 앞으로 없도록 말이다."

"저도 무척 서툴렀다고 생각해요. 하지만 전 기도를 처음 해 본걸요. 한 번도 기도를 안 해 본 사람한테 처음부터 완벽하길 바랄 순 없잖아요. 어제 아주머니 말씀대로 자리에 누운 뒤에 정말 멋진 기도문을 생각해 냈어요. 목사님들이 하는 것처럼 길고 시적인 기도였다니까요. 그런데 어떻게 된 줄 아세요? 아침에 눈을 뜨니까 한 마디도 기억이 안 났어요. 그렇게 멋진 기도문은 다시 만들기 힘들 거예요. 왜 그런지 두 번째로 뭔가를 할 때는 첫 번째만큼 좋은 게 나오질 않더라고요. 아주머니는 그런 적 없으세요?"

앤이 변명조로 말했다.

"앤, 명심할 게 있다. 내가 뭘 시키면 당장 그걸 하거라. 이렇게 꼼짝도 않고 서서 말만 늘어놓지 말고. 어서 가서 시킨 대로 해라."

앤이 재빨리 복도를 지나 거실로 갔다. 하지만 돌아오지는 않았다. 10분이 지나자 마릴라는 뜨개질거리를 내려놓고 굳은 표정으로 거실로 갔다. 앤은 두 창문 사이에 걸린 그림 앞에서 꿈꾸는 듯한 눈을 한 채 미동도 없이 서 있었다. 하얀빛과 초록빛이 창밖 사과꽃과 포도송이들 틈을 비집고 들어와 넋이 나간 작은 형체 위로 오묘한 광채를 드리웠다.

"앤, 도대체 무슨 생각을 그렇게 하고 있는 게냐?"

마릴라가 날이 선 목소리로 물었다.

앤은 깜짝 놀라 몽상에서 깨어났다.

"저거요."

앤은 〈어린아이들을 축복하는 그리스도〉라는 제목이 달린, 생동감 넘치는 채색 석판화를 손으로 가리켰다.

"제가 저 그림 속 아이들 중 한 명이라고 상상했어요. 저기 파란 옷의 여자아이 말이에요. 구석에 혼자 떨어져서 있는 게 저처럼 가족이 없어 보여요. 외롭고 슬퍼 보이지 않나요? 저 아이는 아버지도, 어머니도 안 계실 거 예요. 하지만 자기도 축복받고 싶어서 망설이다가 수줍 게 사람들 밖으로 나온 거죠. 예수님 말고는 아무도 자기 를 보지 못하길 바라면서요. 전 저 아이 기분이 어떨지 잘 알아요. 심장은 쿵쾅쿵쾅 뛰고 긴장해서 손에서는 식은땀 이 났겠죠. 제가 아주머니께 여기서 살아도 되냐고 여쭤 볼 때랑 똑같아요. 아이는 예수님이 자기를 보지 못할까 봐 불안해 하고 있어요. 하지만 예수님은 알아보신 거 같 아요. 그렇죠? 상상해 보세요. 아이가 조금씩 조금씩 다가 가 예수님 옆까지 가는 거예요. 그럼 예수님이 아이를 보 고는 머리에 손을 얹고, 아, 아이는 기쁨에 온몸이 떨릴 거예요! 그런데 화가가 예수님 얼굴을 저렇게 슬프게 그 리지 않았으면 좋았을 텐데. 아실지 모르지만 예수님 그 림은 전부 저래요. 하지만 전 예수님이 정말로 저렇게 슬 픈 얼굴을 하진 않았을 것 같아요. 그랬으면 아이들이 예 수님을 무서워했을 테니까요."

"앤, 그런 식으로 말하면 못쓴다. 그건 불경스러운 짓이 야. 아주 불경스런 짓."

마릴라는 이 긴 이야기를 왜 진즉에 끊지 않고 듣고 있었던지 스스로 의아했다. 앤이 두 눈을 동그랗게 떴다.

"아니, 전 더없이 경건한 마음으로 생각했어요. 불경한 뜻으로 말씀드린 건 절대 아니에요."

"그래. 나도 그럴 거라고 생각한다만, 그런 얘기를 그렇게 아무렇지 않게 하는 게 옳게 들리진 않구나. 또 한 가지, 앤, 내가 너에게 뭔가를 시키면 곧장 그 일을 해야지. 그림 앞에 멍하니 서서 상상에 빠지면 안 된다. 명심하거라. 카드를 가지고 곧바로 부엌으로 와. 자, 끝에 앉아서 기도문을 외우도록 해."

앤은 사과꽃을 한아름 꽂아 놓은 단지에 카드를 기대 세웠다. 사과꽃은 앤이 식탁을 장식하려고 꺾어온 것이었다. 마릴라는 마음에 들지 않는 눈으로 꽃 장식을 쳐다봤지만 아무 소리도 하지 않았다. 앤은 양손으로 턱을 괴고 몇 분 동안 조용히 주기도문만 열심히 외웠다.

앤이 마침내 말했다.

"마음에 들어요. 아름다워요. 주기도문은 전에 들어본 적 있어요. 고아원 주일학교에서 교장 선생님이 외우시는 걸 한 번 들었거든요. 그런데 그때는 별로였어요. 교장 선생님 목소리도 너무 갈라졌고 기도문도 너무 구슬펐거든요. 하기 싫은데 의무감에 억지로 하시는 느낌이었어요.
하지만 이건 시는 아니지만 시를 읽는 기분이에요. '하늘
에 계신 우리 아버지, 아버지의 이름이 거룩히 여김을 받
으시오며.' 마치 음악의 한 소절 같아요. 주기도문을 알게
해 주셔서 정말 기뻐요, 커스버…… 마릴라 아주머니."

"그래, 그럼 잠자코 외우렴."

마릴라가 퉁명스레 말했다.

앤은 사과꽃이 꽂힌 꽃병을 살짝 기울여 봉긋 올라온
분홍 꽃눈에 입을 맞추고는 다시 얼마간 열심히 기도문
을 외웠다.

이윽고 앤이 입을 열었다.

"마릴라 아주머니. 제가 에이번리에서 마음의 친구를
만날 수 있을까요?"

"뭐, 무슨 친구라고?"

"마음의 친구요. 친한 친구 말이에요. 마음속 깊은 얘기
까지 모두 털어놓을 수 있는, 진짜 마음이 통하는 친구 있
잖아요. 그런 친구를 만나는 게 평생 꿈이었어요. 정말 그
런 친구를 만날 수 있을 거라고 한 번도 생각해 본 적 없
지만, 제 가장 소중한 꿈들이 한꺼번에 이루어졌으니 어

쩌면 이 꿈도 이루어질 수 있잖아요. 그럴 수 있을까요?"

"언덕 과수원집에 사는 다이애나 배리라고, 아마 네 또래일 게다. 아주 착한 아이인데, 집에 돌아오면 같이 놀 친구가 될 수도 있겠구나. 지금은 카모디에 있는 이모네 다니러 갔단다. 하지만 행동을 조심해야 할 거다. 배리 부인은 무척 까다로운 사람이거든. 다이애나가 착하고 얌전하지 않은 친구와 어울리도록 놔두지 않을 거야."

앤은 사과꽃 사이로 마릴라를 바라보며 호기심 어린 눈을 반짝였다.

"다이애나는 어떻게 생겼어요? 머리가 빨간색은 아니겠죠? 아, 아니었으면 좋겠어요. 내가 빨강 머리인 것도 괴로운데, 마음의 친구까지 빨강 머리면 분명 견디기 힘들 거예요."

"다이애나는 아주 예쁜 아이란다. 눈하고 머리는 까맣고 볼은 장밋빛이지. 게다가 착하고 싹싹하기까지 하니, 그게 예쁜 것보다 더 좋은 점이란다."

마릴라는 《이상한 나라의 앨리스》에 나오는 공작부인처럼 교훈을 좋아했고, 아이를 키울 때는 말끝마다 교훈을 덧붙여야 한다고 굳게 믿었다. 하지만 앤은 교훈 따위는 대수롭지 않게 흘려버리고 기분 좋은 얘기들에만 흠뻑 빠져들었다.

"와, 다이애나가 예쁘다니 정말 기뻐요. 제가 예쁜 것 다음으로 좋아요. 저야 예뻐질 가능성이 없으니까 예쁜 마음의 친구가 생기는 게 최고인 것 같아요. 토머스 아주머니 댁에서 살 때, 거실에 유리문이 달린 책장이 있었거든요. 책장 안에 책은 한 권도 없었지만요. 아주머니는 그 안에 가장 아끼는 도자기랑 잼 같은 것을 넣어 두셨어요. 잼이 있을 때는 그러셨단 뜻이에요. 유리문 한쪽은 깨져 있었어요. 언젠가 밤에 토머스 아저씨가 취해서 부숴 버렸거든요. 하지만 나머지 한쪽 문은 말짱했어요. 저는 그 유리에 비친 제 모습을 책장 안에 사는 다른 아이라고 생각했죠. 전 그 애를 케이티 모리스라고 불렀고 우린 굉장히 친했어요. 한 시간씩 이야기를 나누곤 했는데, 일요일에는 더 했고요. 전 그 애한테 모든 걸 숨김없이 말했어요. 케이티는 내 삶의 위로였고 위안이었어요. 우린 책장

143

이 마법에 걸렸다고 상상했어요. 제가 주문만 알면 잼과 도자기를 올려 둔 선반이 아니라 케이티 모리스의 방으로 들어갈 수 있고, 그러면 케이티 모리스가 제 손을 잡고 꽃과 햇빛과 요정들이 가득한 멋진 곳으로 데려가는 거죠. 거기서 오래오래 행복하게 사는 거예요. 해먼드 아주머니 댁으로 갈 땐 케이티 모리스와 헤어져야 해서 가슴이 찢어지는 것 같았어요. 케이티 모리스도 같은 마음이었고요. 어떻게 아냐면, 책장 유리문을 사이에 두고 작별의 입맞춤을 할 때 그 애도 울고 있었거든요. 해먼드 아주머니 댁에는 책장이 없었어요. 하지만 집에서 강을 따라 조금 위로 올라가면 작고 푸른 긴 골짜기가 있었는데, 거기에 정말 멋진 메아리가 살았어요. 별로 크게 소리치지 않아도 내가 하는 말이 그대로 되돌아왔어요. 그래서 전 그게 비올레타라고 상상했죠. 우리는 둘도 없는 친구가 됐고, 전 케이티 모리스만큼 비올레타를 사랑했어요. 완전히 그만큼은 아니었고 비슷하게 말이에요. 고아원에 가기 전날 밤, 전 비올레타에게 '안녕' 하고 작별 인사를 했어요. 그랬더니, 아아, 비올레타가 '안녕'이라고 대답하는데, 목소리가 너무, 너무나 슬펐어요. 그 애랑 정이 푹 들어서 고아원에 가서는 마음의 친구 같은 건 더는 상상하고 싶지 않았어요. 상상할 거리도 별로 없긴 했지만요."

"상상할 게 없어서 오히려 잘된 것 같구나. 난 그런 행동은 허용 못한다. 넌 네가 상상하는 것들을 반쯤은 진짜라고 생각하는 것 같구나. 네 머릿속에서 그 말도 안 되는 상상을 지우기 위해서라도 진짜 친구를 사귀는 게 좋겠다. 하지만 배리 부인 앞에서 케이티 모리스니 비올레타니 하는 친구 이야기는 꺼내지 말거라. 배리 부인은 네가 거짓말을 한다고 생각할 게다."

마릴라가 무미건조한 목소리로 말했다.

"아, 그런 말은 안 할 거예요. 그 애들과의 추억이 제게 얼마나 소중한데요. 그런 이야기를 아무한테나 하진 않아요. 하지만 아주머니는 그 애들을 아셨으면 좋겠다고 생각했어요. 와, 보세요. 큰 벌 한 마리가 사과꽃에서 굴러떨어졌어요. 사과꽃 안이 얼마나 살기 좋겠어요! 꽃이 바람에 흔들릴 때 그 안에서 잠든다고 생각해 보세요. 제가 사람으로 태어나지 않았다면 벌이 돼서 꽃밭에서 살고 싶어요."

"어제는 갈매기가 되고 싶다더니. 변덕이 죽 끓듯 하는

구나. 떠들지 말고 주기도문을 외우라고 했잖니. 아무래
도 넌 네 얘기를 들어줄 사람만 있으면 입을 다물고 있을
수가 없나 보구나. 네 방에 올라가서 외우거라.”

마릴라가 코웃음을 쳤다.

“아, 거의 다 외웠어요. 마지막 한 줄만 외우면 돼요”

“그래, 그렇더라도 말 들어. 네 방에 올라가서 마저 암
송하고, 내가 식사 준비할 때 도와달라고 부르면 그때 내
려오거라.”

“사과꽃을 가져가도 돼요?”

“안 돼. 꽃 때문에 방이 어질러지는 꼴은 보고 싶지 않
다. 처음부터 나뭇가지에서 꺾으면 안 되는 거였어.”

“저도 그런 생각이 약간 들긴 했어요. 꽃을 꺾어서 소중
한 생명을 죽여서는 안 될 것 같더라고요. 제가 사과꽃이
었더라도 꺾이고 싶지 않았을 거예요. 하지만 유혹을 뿌
리치기 어려웠어요. 아주머니는 참기 힘든 유혹을 느낄
때 어떻게 하세요?”

“앤, 방으로 가라는 소리 못 들었니?”

앤은 한숨을 쉬며 동쪽 지붕 밑 다락방으로 올라가 창
가 의자에 앉았다.

"자, 다 외웠다. 방으로 올라오며 마지막 한 구절을 외웠거든. 지금부터는 상상으로 이 방을 꾸며야지. 늘 같은 모습으로 상상할 수 있도록 말이야. 바닥에는 분홍 장미 무늬가 있는 하얀 벨벳 카펫이 깔렸고, 창에 분홍 실크 커튼이 드리워졌어. 벽에는 금색, 은색 비단실로 짠 벽걸이 그림이 걸려 있고. 가구는 마호가니야. 마호가니는 한 번도 본 적이 없지만 이름만 들어도 엄청 호화로울 거 같거든. 이건 소파고 분홍색, 파랑색, 진홍색, 황금색의 휘황찬란한 실크 쿠션이 가득 놓여 있지. 난 그 위에 우아하게 기대어 앉아 있는 거야. 벽에 걸린 크고 근사한 거울에 그런 내 모습이 보이고. 나는 키가 크고 위엄이 넘쳐. 하얀 레이스가 달린, 길게 끌리는 드레스를 입었는데 가슴에 진주 십자가를 드리웠고 머리에도 진주 장식을 달았어. 머리칼은 칠흑같이 검고 피부는 투명하고 창백한 상아색이지. 내 이름은 코딜리어 피츠제럴드 아가씨야. 아니, 아니야……. 진짜처럼 상상이 안 돼."

앤은 작은 거울 앞으로 춤추듯 뛰어가 거울을 가만히 들여다봤다. 갸름한 주근깨투성이 얼굴과 숙연한 잿빛 눈동자가 자신을 마주 보고 있었다.

"넌 그냥 초록 지붕 집의 앤이야. 내가 코딜리어 아가씨라고 상상할 때마다 지금 이 모습 그대로인 네가 보여. 하지만 집 없는 앤보다 초록 지붕 집의 앤이 백만 배는 더 좋지 않니?"

앤이 진지하게 말했다. 앤은 앞으로 몸을 숙여 거울 속에 비친 자신에게 다정하게 입을 맞추고 나서 열려 있는 창문 앞으로 돌아갔다.

"안녕, '눈의 여왕'님. 골짜기 아래 자작나무들도 안녕. 언덕 위 회색 집도 반가워. 다이애나가 내게 마음의 친구가 되어 줄까? 그러면 좋겠어. 난 그 애를 아주 많이 좋아할 텐데. 하지만 난 절대 케이티 모리스와 비올레타를 잊지 않겠어. 만약 내가 잊어버리면 그 애들이 큰 상처를 받을 테니까. 나는 누구에게도 상처를 주고 싶지 않아. 책장 속 친구든, 메아리 친구든 말이야. 그 애들을 잊지 않고 매일매일 입맞춤을 보낼 거야."

앤은 손가락 끝에 두 번 입을 맞춰 벚꽃 너머로 날려보내고는, 양손으로 턱을 괸 채 화려한 공상의 세계로 빠져들었다.

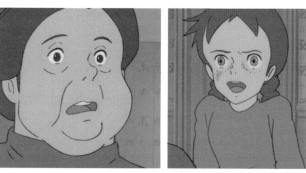

레이철 린드 부인이 제대로 충격을 받다

앤이 초록 지붕 집에 온 지 2주만에 린드 부인이 찾아왔다. 린드 부인이 이렇게 늦은 건 엄밀히 말해 부인의 잘못은 아니었다. 이 선량한 부인은 지난 번 초록 지붕 집의 방문 이후 때아닌 독감을 호되게 앓아서 꼼짝없이 집에만 있어야 했다. 린드 부인은 병치레가 잦은 편이 아니라서 자주 아픈 사람들을 보란 듯이 비웃었는데, 독감만큼은 이 세상의 여느 병과 달리 하늘이 내린 특별한 재앙이라고밖에 설명할 길이 없다고 주장했다. 매슈와 마릴라가 데려온 고아 아이에 대한 궁금증을 주체할 수 없었던 린드 부인은, 외출해도 좋다는 의사의 말이 떨어지기 무섭게 초록 지붕 집으로 달려온 것이다. 에이번리에는 이미 세 사람을 둘러싼 온갖 이야기와 추측이 무성했다.

앤은 지난 2주 동안 깨어 있는 시간을 알차게 보냈다. 주변의 크고 작은 나무들과는 벌써 친해졌다. 오솔길이 사과 과수원 아래로 내려가면서 점점 넓어지다가 삼림 지대를 지난다는 것도 알아냈다. 앤은 예기치 못한 변화들이 황홀하게 펼쳐지는 그 길을 끝까지 탐색하며, 개울과 다리를 건너고 전나무 숲을 지나고 야생 벗나무 터널 아래도 걸었다. 고사리 같은 식물들이 땅을 뒤덮은 길모퉁이며, 단풍나무와 마가목이 울창한 샛길도 있었다.

앤은 골짜기 아래의 샘과도 친구가 되었다. 아주 깊고 맑은, 얼음처럼 차가운 샘이었다. 매끈한 붉은 사암과 손바닥같이 생긴 물고사리 잎들이 샘을 둘러쌌고, 샘 너머에는 개울을 건너는 통나무 다리가 있었다.

날아갈 듯한 앤의 걸음은 통나무 다리를 건너 나무가 우거진 언덕으로 이어졌다. 그곳은 쭉쭉 뻗은 전나무와 가문비나무가 울창해서 늘 땅거미가 내린 듯 어스레했다.

주변에는 숲에서 피는 꽃들 중에서도 가장 수줍음 많고 사랑스러운 여린 방울꽃들이 지천에 피어 있었고, 작년에 피었던 꽃들의 영혼인 양 빛깔이 엷고 고결한 별 모양 꽃들도 드문드문 눈에 띄었다. 거미줄은 나무들 사이에서 은빛 실처럼 반짝였고, 긴 전나무 가지와 술 같은 잎들은 오순도순 이야기라도 나누는 것 같았다.

앤은 이따금씩 놀아도 된다고 허락받은 30여 분 동안 이렇게 온갖 황홀한 탐험을 했다. 앤이 새로 발견한 것들을 매슈와 마릴라에게 들려주면 두 사람은 듣는 둥 마는 둥 했다. 그렇다고 매슈가 귀찮아한 것은 아니었다. 매슈는 얼굴 가득 즐거운 미소를 띠고 앤의 이야기에 말없이 귀를 기울였다. 마릴라는 이 수다를 듣다가 자신도 모르게 너무 빠져들었다 싶으면 입 좀 다물라고 얼른 한소리 하며 앤의 입을 막아 버렸다.

린드 부인이 찾아왔을 때 앤은 쏟아지는 발간 저녁 햇살을 받으며 과수원에서 살랑살랑 나부끼는 무성한 풀밭을 발길 가는 대로 마음껏 돌아다니고 있었다. 이 선량한 부인에게는 그동안 아팠던 이야기를 시시콜콜 늘어놓을 수 있는 절호의 기회였다. 어디가 어떻게 아팠는지, 맥박은 어떻게 뛰었는지 린드 부인이 어쩌나 신나게 얘기하던지 마릴라는 독감도 걸릴 만하겠다는 생각이 들 정도였다. 이야깃거리가 바닥나자 린드 부인은 초록 지붕 집을 찾아온 진짜 이유를 꺼냈다.

"당신과 매슈에 대해 놀라운 이야기를 들었어요."

"나보다 더 놀랐을까요. 놀란 마음이 이제야 좀 진정되고 있답니다."

"그런 착오가 있었다니 너무 딱하게 됐어요. 돌려보낼 수는 없었나요?"

린드 부인이 동정심을 보였다. 하지만 표정에는 못마땅한 기색이 역력했고, 이것을 읽어낸 마릴라는 애초에 의도했던 것보다 훨씬 많은 말들을 쏟아냈다.

"보낼 수 있었지만 그러지 않았어요. 매슈 오라버니가 아이한테 마음이 갔나 보더라고요. 솔직히 나도 그 애가 마음에 들어요. 결점이 없는 건 아니지만요. 집 안 분위기가 벌써 달라진 것 같아요. 아이가 정말 밝더라고요."

"엄청난 책임을 자청해서 떠맡았네요. 더군다나 마릴라는 아이를 키운 경험도 없잖아요. 그 아이가 어떤 아이인지, 성격이 어떤지 잘 알지도 못할 테고, 앞으로 어떤 사람이 될지도 알 길이 없고요. 물론 상심하라고 하는 말은 아니에요, 마릴라."

린드 부인은 걱정을 내비쳤다.

"상심하지 않아요. 나는 일단 마음먹으면 잘 흔들리지 않으니까요. 앤을 보고 싶으실 텐데, 들어오라고 할게요."

마릴라는 무덤덤하게 대답했다.

그때 과수원 나들이를 마친 앤이 생기 넘치는 얼굴로 집으로 뛰어들어오다가, 뜻밖의 낯선 사람을 보고 당황해서 문 앞에서 머뭇거렸다. 고아원에서 입던 꽉 끼는 짧은 혼방 원피스 아래로 길쭉하니 볼품없는 깡마른 다리를 한 앤은 확실히 어딘가 묘하고 이상한 모습이었다. 얼굴의 주근깨는 오늘따라 유난히 더 도드라져 보였고, 모자를 쓰지 않은 머리는 바람에 헝클어져 그야말로 엉망에다 어느 때보다 더 빨갛게 물든 듯했다.

"이런, 확실히 두 사람이 얼굴을 보고 결정한 것은 아니구나."

린드 부인이 힘주어 말했다. 린드 부인은 마음속 말을 거리낌이나 치우침 없이 하는 데 자부심을 느꼈고, 또 그 때문에 사람들을 즐겁게 하고 인기도 있었다.

"마릴라, 깡마르고 못생긴 아이로군요. 애야, 이리 와봐라. 어디 한번 보자. 이런, 주근깨가 어쩜 이렇게 많니? 게다가 머리는 홍당무처럼 빨갛고! 애야, 이리 오라니까."

앤은 '그리로 가긴' 했지만 린드 부인이 바라던 대로는 아니었다. 앤은 부엌 바닥을 한 번에 껑충 뛰어 린드 부인 앞에 다가섰다. 얼굴은 분노로 빨갛게 달아오르고 입술은 파르르 떨렸으며, 가녀린 몸은 머리부터 발끝까지 부들부들 떨고 있었다.

앤은 발까지 구르며 감정이 북받치는 소리로 울부짖었다.

"저는 아주머니가 싫어요. 아주머니 같은 사람 싫어요. 싫어요. 싫다고요!"

증오에 못 이긴 말 한 마디 한 마디가 나올 때마다 발을 구르는 소리도 점점 커졌다.

"깡마르고 못생겼다는 말을 어떻게 그렇게 함부로 하세요? 주근깨가 많고 머리가 빨갛다니요? 아주머니는 예의 없고 무례하고 인정도 없는 사람이에요!"

"앤!"

마릴라가 깜짝 놀라 소리 질렀다.

그러나 앤은 주먹을 꽉 쥔 채 당돌하게 고개를 치켜들고 이글거리는 눈으로 린드 부인을 마주 봤다. 격렬한 분노가 증기처럼 뿜어져 나왔다. 앤은 씩씩대며 같은 말을 되뇌었다.

"어떻게 제게 그런 말을 하실 수 있죠? 아주머니라면 좋으시겠어요? 뚱뚱하고 둔하고 상상력이라고는 요만큼도 없다는 말을 들으면 좋으시겠냐고요! 이런 말 때문에 아주머니 기분이 상했대도 전 상관 안 해요! 아주머니 기분이 상했으면 좋겠어요. 아주머니는 주정뱅이 토미스 아저씨보다 더 큰 상처를 제게 주셨어요. 전 아주머니를 절대 용서하지 않을 거예요. 절대, 절대로!"

쾅! 쾅!

"이런 성질머리를 봤나!"

린드 부인이 질겁한 얼굴로 소리쳤다.

"앤, 내가 갈 때까지 네 방에 가서 기다려라."

마릴라가 간신히 입을 떼며 말했다.

앤은 눈물을 터뜨리며 복도 문을 홱 열어젖혔다. 현관 바깥벽 위의 함석들이 덜거덕거리며 울어댈 정도로 문을 '쾅' 닫은 다음, 회오리바람처럼 복도를 지나 계단을 뛰어 올라갔다. 위에서 '쾅' 소리가 묵직하게 들린 것으로 보아 동쪽 다락방 문도 같은 기세로 닫은 모양이었다.

"세상에, 저런 아이를 키우는 마릴라 당신이 전혀 부럽지는 않네요."

린드 부인이 잔뜩 굳은 얼굴로 말했다.

마릴라는 어떻게 사과를 하고 용서를 구해야 할지 모르겠다는 말을 하려고 입을 열었다. 하지만 입에서 나온 말은 그때도 놀라웠지만 나중에 돌이켜 봐도 기가 막힐 만한 것이었다.

"외모를 가지고 아이를 비웃으면 안 되죠, 레이철."

"마릴라 커스버트, 설마 저렇게 성미 고약한 아이를 역성드는 건 아니죠? 방금 봤잖아요."

린드 부인이 언짢은 목소리로 말했다.

"아니에요. 아이를 두둔할 생각은 없어요. 아이가 몹시 버릇없이 굴었고, 나중에 따로 얘기도 할 거예요. 하지만 우리도 아이를 너그럽게 대해야 해요. 저 애는 옳고 그른 게 어떤 건지 배운 적이 없어요. 그리고 레이철 당신도 아이한테 너무 심했어요."

마릴라가 천천히 말했다. 마릴라는 마지막 말을 담아

두지 못해 덧붙이면서 다시 한번 스스로에게 깜짝 놀랐다. 린드 부인은 자존심이 상한 얼굴로 일어섰다.

"그래요, 앞으로는 꼭 말조심을 하죠. 어디서 왔는지도 모르는 고아의 기분을 가장 먼저 생각해야 하니까요. 아, 아뇨. 화난 거 아니에요. 염려 마세요. 당신이 너무 딱해서 화낼 여력도 없네요. 아무튼 저 아이 때문에 고생 좀 하겠어요. 내 말은 들을 것 같지도 않지만, 아이를 열이나 키우고 두 명을 먼저 보낸 내가 굳이 충고 한마디 하자면, 아이랑 그 '얘기'란 걸 할 때 굵직한 자작나무 회초리를 쓰세요. 저런 아이한테는 그게 제일 알아듣기 쉬운 말이거든요. 성미를 보니 머리색하고 딱 어울리는 것 같군요. 어쨌든 잘 지내요, 마릴라. 전처럼 가끔 우리 집에도 들르고요. 하지만 이런 식으로 봉변을 당하고 모욕을 받아서는 내가 여기 오는 건 당분간 힘들 것 같네요. 정말이지 이런 일은 생전 처음이에요."

말을 마친 린드 부인은 휭하니 나가 버렸다. 늘 뒤뚱뒤뚱 걷는 뚱보 부인에게 휭하니 나갔다는 표현이 과연 어울리는지는 모르겠지만 말이다. 마릴라는 딱딱하게 굳은 얼굴로 동쪽 다락방으로 올라갔다.

계단을 오르며 마릴라는 무엇을 어떻게 해야 할지 곰곰이 생각했다. 방금 전 일로 마릴라도 적잖이 당황했다. 하고 많은 사람 중에 하필이면 린드 부인 앞에서 그런 성질을 부리다니, 참으로 운도 없지! 그러다 문득 마릴라는 앤의 성격에서 심각한 단점을 알게 돼서 마음이 아프다기보다는 창피해 했다는 사실에 불편한 기분을 느끼며 스스로를 책망했다. 앤에게는 어떤 벌을 주어야 하지? 린드 부인이 친절하게 조언한 자작나무 회초리는 그 집 아이들에게 효과가 있었는지는 몰라도, 마릴라는 마음이 내키지 않았다. 아이에게 매를 든다는 것은 생각도 할 수 없었다. 그렇게 발끈하는 게 얼마나 큰 잘못인지 앤이 제대로 깨우칠 수 있도록 뭔가 다른 벌을 찾아야 했다.

앤은 침대에 엎드려 얼굴을 파묻은 채 펑펑 울고 있었다. 깨끗한 침대보에 진흙투성이 장화를 벗지도 않고 올라간 사실조차 모르는 것 같았다.

"앤."

마릴라가 조금 온화한 목소리로 앤을 불렀다.

대답이 없었다.

"앤. 당장 침대에서 나와 내 얘기를 듣거라."

162

이번에는 훨씬 엄한 목소리였다.

앤이 꼼지락꼼지락 침대에서 내려와 옆에 놓인 의자에 똑바로 앉았다. 얼굴은 퉁퉁 부어 눈물로 얼룩졌는데 두 눈은 고집스레 바닥만 쳐다봤다.

"잘하는 짓이구나, 앤! 부끄럽지도 않니?"

"그 아주머니는 저한테 못생긴 빨강 머리라고 말할 권리가 없어요."

앤이 말대꾸처럼 어정쩡하게 항변했다.

"앤, 너도 아주머니께 그런 식으로 화내며 밀할 권리는 없다. 난 너 때문에 부끄러웠다. 너무 부끄러웠어. 네가 린드 부인에게 예의 바르게 행동하길 바랐는데, 오히려 날 망신시켰다. 린드 부인이 네 머리가 빨갛고 못생겼다고 말한 게 그렇게까지 화낼 일이었는지 잘 모르겠구나. 너도 네 스스로 그렇게 말하곤 했잖니?"

"제가 그렇게 말하는 거랑 다른 사람이 말하는 거랑은 하늘과 땅 차이예요. 제가 그렇다는 걸 안다고 해서 다른 사람들까지 그렇게 생각하길 바라는 건 아니거든요. 제 성격이 못됐다고 생각하실 수도 있어요. 하지만 저도 어쩔 수 없었어요. 아주머니가 그런 말씀을 하시는 순간 마음속에서 뭔가가 치밀어 오르면서 숨이 콱 막혔단 말이에요. 아주머니께 화를 낼 수밖에 없었어요."

앤이 훌쩍거리며 대답했다.

"아무튼 오늘 네 소개 한번 제대로 했구나. 린드 부인은 좋은 이야깃거리가 생겼으니 어딜 가든 네 얘길 하고 다닐 테고. 그렇게 흥분해서 화를 낸 건 옳지 못한 행동이었다, 앤."

"아주머니도 빼빼 마르고 못생겼다는 말을 들으면 기분이 어떨지 생각해 보세요."

앤이 눈물을 글썽이며 애원하듯 말했다.

문득 오래된 기억 하나가 마릴라의 머릿속에 떠올랐다. 아주 어렸을 때 친척 아주머니 한 분이 마릴라를 보고 어떤 사람에게 "어쩜 저렇게 까맣고 못생겼는지 가엾기도 하지"라고 말한 적이 있었다. 그날 입은 마음의 상처가 아물기까지 꼬박 50년이 걸렸다.

마릴라는 앤의 말을 수긍하며 목소리를 누그러뜨렸다.

"앤, 나도 린드 부인이 네게 했던 말이 다 옳다고는 생각하지 않는다. 린드 부인은 워낙 말을 거침없이 한단다. 하지만 그렇다고 해서 네 잘못이 없어지는 건 아니야. 린

드 부인은 네가 오늘 처음 본 사람이고 어른이야. 나를 찾아온 손님이었고. 이 세 가지 이유만으로도 넌 린드 부인에게 공손해야 했어. 오늘은 너도 예의 없고 건방지게 행동했으니까……."

말하던 중에 현명한 방법이라고 생각되는 벌이 마릴라의 머릿속에 떠올랐다.

"린드 부인께 찾아가서 화를 내서 무척 죄송하다고 말하고 용서를 구하거라."

"전 절대로 그럴 수 없어요. 마릴라 아주머니, 아주머니가 주시는 벌은 어떤 벌이라도 받을게요. 뱀과 두꺼비가 있는 어둡고 축축한 지하 감옥에 저를 가두고 빵과 물만 주셔도 불평하지 않을게요. 하지만 린드 아주머니한테 용서를 구하진 않겠어요."

앤이 울적한 목소리로 단호하게 대답했다.

"어둡고 축축한 지하 감옥에 사람을 가두는 일은 없단다. 게다가 에이번리에 그런 지하 감옥도 없고. 하지만 린드 부인에게 사과는 반드시 해야 해. 사과할 마음이 들 때까지 네 방에서 한 발짝도 나오지 말거라."

마릴라가 딱딱하게 말했다.

"그럼 영원히 방에서 살아야겠네요. 린드 아주머니께 그렇게 말해서 죄송하다고는 말할 수 없으니까요. 제가 어떻게 그래요? 전 미안한 마음이 안 들어요. 마릴라 아주머니를 속상하게 한 건 죄송하지만, 린드 아주머니한테 그렇게 말한 건 잘했다고 생각해요. 속이 후련했거든요. 미안한 마음도 없는데 미안하다고 할 순 없잖아요? 그건 상상조차 안 되는 일이라고요."

앤이 애처롭게 말했다.

마릴라가 몸을 일으켰다.

"아마 내일 아침이면 상상하기가 한결 쉬워질 게다. 밤새 네가 한 행동을 생각해 보면 마음가짐도 좀 달라질 거고. 초록 지붕 집에 살게 해 주면 착한 아이가 되도록 노력하겠다더니, 오늘 저녁에는 전혀 그래 보이지 않는구나."

마릴라는 분노로 출렁이는 앤의 가슴에 묵직한 한마디를 던지고는 복잡하고 괴로운 심정으로 부엌으로 내려갔다. 앤에게 화가 난 것만큼 자신에게도 화가 났다. 말문이 막힌 린드 부인의 표정이 떠오를 때마다 웃음이 나와 입이 씰룩거렸고, 그러면 안 된다는 것을 알면서도 그게 한바탕 웃고 싶었기 때문이다.

10

앤의 사과

그날 저녁 마릴라는 낮에 린드 부인과 있었던 일에 대해 매슈에게 말하지 않았다. 하지만 다음 날 아침에도 앤이 아침 식사를 하러 내려오지 않자 이유를 설명할 수밖에 없었다. 마릴라는 앤이 했던 행동의 심각성을 제대로 전달하려고 갖은 애를 쓰며 매슈에게 자초지종을 들려주었다.

"린드 부인이 오지 않는다니 잘됐군. 그 여자는 말 많고 참견하기 좋아하는 할망구라고."

매슈는 위안이랍시고 거들었다.

"매슈 오라버니, 정말 놀랍군요. 앤이 얼마나 못되게 굴었는지 알면서 그 애 편을 들다니요! 이젠 앤에게 벌을 줄 필요도 없다고 하시겠지요!"

"글쎄다. 아니, 뭐…… 꼭 그렇다는 건 아니야. 벌은 조금 받아야지. 그래도 너무 심한 벌은 주지 마라, 마릴라. 잘잘못을 배울 기회조차 없었던 아이잖니. 그런데…… 앤한테 뭐라도 먹을 걸 가져다주긴 할 거지?"

매슈가 멋쩍어하며 말했다.

"내가 버릇 고치겠다고 누구 굶긴 적 있어요? 끼니는 때맞춰서 직접 들고 올라갈 거예요. 하지만 린드 부인한테 사과하겠다고 스스로 말하기 전까지는 방에서 나올 수 없어요. 이 일에 참견 마세요, 오라버니."

마릴라가 화를 내며 쏘아붙였다.

아침도, 점심도, 저녁도 식탁은 아주 조용했다. 앤이 계속 고집을 꺾지 않았기 때문이다. 식사를 마치면 마릴라는 쟁반 가득 먹을 것을 담아 동쪽 다락방으로 올라갔고, 시간이 지나면 거의 그대로 남은 음식들을 들고 내려왔다. 매슈는 앤이 조금이라도 먹었을까 하면서 걱정스러운 눈으로 마릴라가 들고 내려오는 그릇을 쳐다봤다.

그날 저녁 마릴라가 소를 몰아오려고 방목장으로 나간 사이, 헛간 주변을 어슬렁거리며 눈치를 살피던 매슈가 도둑처럼 몰래 집으로 들어가 2층으로 살금살금 올라갔다. 보통 매슈는 부엌과 복도 끝 침실만 오갔고, 가끔 목사가 차를 마시러 방문할 때나 한 번씩 어색한 듯 거실이나 응접실로 나왔다. 게다가 2층은 언젠가 봄에 마릴라를 도와 손님방 벽지를 바르러 올라간 뒤로 가 본 적이 없었다. 그게 벌써 4년 전이었다.

발꿈치를 들고 살금살금 복도를 지난 매슈는 동쪽 다락방 앞에서 몇 분이나 서 있다가 용기를 내어 문을 두드리고 빠끔히 안을 들여다봤다.

앤은 창가 노란 의자에 앉아 애처롭게 정원을 내다보고 있었다. 그 모습이 어찌나 작고 가엾던지 심장을 한 대 얻어맞은 것 같았다. 매슈는 살며시 문을 닫고 살금살금 앤에게 다가갔다.

"앤."

누가 들을 새라 매슈는 나지막이 말했다.

"좀 어떠니, 앤?"

앤이 힘없이 웃었다.

"괜찮아요. 상상을 많이 하고 있어요. 그러면 시간을 보내는 데 도움이 되거든요. 물론 외롭긴 해요. 하지만 이런 데 익숙해지는 편이 나아요."

앤은 자기 앞에 놓인 길고도 외로운 유폐 생활을 씩씩하게 받아들이겠다는 듯 다시 웃었다.

마릴라가 금방 돌아올지 몰라 매슈는 다락방에 올라온 이유를 앤에게 얼른 말해 줘야겠다고 생각했다.

"글쎄다, 앤. 시키는 대로 하고 얼른 끝내는 게 낫지 않겠니? 언제 해도 해야 할 일이잖니. 마릴라는 한번 마음먹으면 절대로 물러서는 법이 없단다. 절대 고집을 꺾지 않는다니까. 앤, 얼른 하고 끝내버리렴."

"린드 아주머니한테 사과하라는 말씀이세요?"

"그래, 사과…… 사과 말이다. 그냥 원만하게 잘 마무리하자는 거야. 내가 하려던 말이 그거란다."

매슈가 간절하게 말했다.

앤은 생각에 잠긴 듯 말했다.

"아저씨를 위해서라면 할 수 있을 거 같아요. 미안하다고 말해도 이젠 거짓말이 아니고요. 지금은 미안하기도 하거든요. 어젯밤에는 조금도 미안하지 않았어요. 어젠 정말 화가 났고 밤새 화가 나서 미칠 거 같았어요. 밤에 세 번이나 깼는데 그때마다 화가 치밀어 오른 걸요. 그런데 오늘 아침에는 그렇지 않더라고요. 더는 화가 안 나는 거예요. 그저 지칠 대로 지친 느낌만 있었어요. 제 스스로가 너무 부끄러웠어요. 하지만 린드 아주머니를 찾아가 그렇게 말하자는 생각은 안 들었어요. 너무 창피하잖아요. 그러느니 이 방에서 영원히 나가지 않겠다고 결심했죠. 하지만 그래도…… 아저씨를 위해서라면 뭐든 할게요. 정말로 제가 그러길 바라신다면……."

"그럼, 바라고말고. 네가 없으니 아래층이 여간 쓸쓸한 게 아니야. 어서 가서 좋게 해결하자꾸나. 그래야 착한 아이지."

"좋아요. 마릴라 아주머니가 돌아오시는 대로 뉘우쳤다고 말씀드릴게요."

앤이 체념한 듯 말했다.

"그래, 그래야지, 앤. 하지만 마릴라에게 내가 이런 소릴 했다는 말은 하지 말거라. 참견하지 않겠다고 약속했는데, 내가 약속을 어겼다고 생각할지도 모르니까."

"야생마가 아무리 잡아끈대도 저한테서 비밀을 꺼내가

지는 못할 거예요."

앤이 엄숙하게 약속했다.

"근데 야생마가 사람한테서 비밀을 꺼내갈 수 있나요?"

하지만 매슈는 앤을 쉽게 설득한 자신에게 놀라면서 이미 자리를 뜬 뒤였다. 매슈는 자신이 2층에 올라가서 뭘 했는지 마릴라가 의심하지 않도록 방목장에서 가장 먼 구석으로 황급히 달려갔다. 집으로 돌아온 마릴라는 계단 난간에서 "마릴라 아주머니" 하고 부르는 애처로운 목소리에 놀라면서도 반가운 마음이 들었다.

마릴라가 복도로 들어서며 물었다.

"무슨 일이니?"

"화내고 무례하게 말해서 죄송해요. 린드 부인한테 가서 그렇게 말씀드리겠어요."

"그렇게 하렴."

마릴라는 안도하는 기색도 없이 뭉툭하게 대답했다. 앤이 마음을 굽히지 않으면 어떻게 해야 하나 고심하던 차였다.

"우유를 짠 다음에 데려다주마."

우유를 짠 뒤에 마릴라와 앤은 오솔길을 내려갔다. 마

릴라는 가슴을 쫙 펴고 의기양양하게 걸었지만 앤은 고개를 푹 숙이고 시무룩한 모습이었다. 하지만 반쯤 내려가자 누가 마법이라도 건 듯 무기력하던 모습은 흔적도 없이 사라졌다. 앤은 고개를 들고 가벼운 걸음으로 길을 따라 내려가며 저녁노을이 번진 하늘을 두 눈 가득 담았다. 내색은 안 했지만 마음이 들뜬 듯했다. 마릴라는 그런 앤을 탐탁잖은 눈으로 지켜봤다. 그건 순순히 잘못을 뉘우치고 용서를 구하러 가는 사람의 모습이 아니었다.

"앤, 무슨 생각을 하는 게냐?"

마릴라가 날카롭게 물었다.

"린드 부인께 해야 할 말들을 떠올리고 있었어요."

앤이 꿈꾸듯이 대답했다.

대답은 흡족했다. 아니, 흡족하다는 기분이 들어야 마땅했다. 하지만 마릴라는 앤에게 벌을 주며 생각했던 계획이 어딘가 어긋나고 있다는 느낌을 떨칠 수가 없었다. 아이가 저렇게 들뜨고 즐거운 표정을 지어서는 안 되는 거였다.

들뜨고 즐거운 앤의 모습은 부엌 창 앞에 앉아 뜨개질을 하던 린드 부인의 코앞에 다다른 순간 감쪽같이 사라졌다. 그리고 애처롭게 반성하는 태도로 싹 뒤바뀌었다. 뭐라고 말할 새도 없이 앤은 깜짝 놀란 린드 부인 앞에 무릎을 꿇고 앉아 애원하듯이 두 손을 내밀었다. 그리고 떨리는 목소리로 말을 시작했다.

"아, 린드 아주머니. 정말 너무 죄송합니다. 사전에 있는 단어를 다 쓴대도 제 슬픔을 모두 표현할 수 없을 거예요. 아주머니께 정말 못되게 굴고, 제가 남자아이가 아닌데도 초록 지붕 집에 살게 해 주신 친절하신 매슈 아저씨와 마릴라 아주머니를 부끄럽게 만들었어요. 저는 굉장히 나쁘고 감사할 줄 모르는 아이라서, 훌륭하신 분들에게 벌 받고 영원히 쫓겨난다 해도 할 말이 없어요. 아주머니께서 있는 그대로 말씀하셨다고 해서 버럭 화를 내다니 정말 못된 행동이었어요. 아주머니는 사실대로 말씀하셨고, 그 말씀이 다 맞아요. 전 머리카락이 빨갛고 주근깨투성이에 빼빼 마르고 못생겼어요. 저도 아주머니께 사실대로 말씀드린 거지만 전 그렇게 말하면 안 되는 거였어요. 아, 린드 아주머니. 제발 저를 용서해 주세요. 만약 용서해 주지 않으시면, 어리고 가여운 고아에게 평생 지워지지 않는 슬픔이 될 거예요. 제 성질이 아무리 고약하다

해도 제가 평생을 슬퍼하길 바라는 건 아니시죠? 아, 그러지 않으실 거라고 믿어요. 제발 용서한다고 말씀해 주세요, 린드 아주머니."

앤은 두 손을 부여잡고 고개를 숙인 채 처분을 기다렸다.

앤이 진심인 것은 틀림이 없었다. 한 마디 한 마디에 진심이 묻어났다. 마릴라와 린드 부인도 의심할 나위 없이 진실한 울림을 알아차렸다. 그러나 마릴라는 앤이 실제로는 이 굴욕의 골짜기를 즐기고 있음을 깨닫고 당혹감을 느꼈다. 앤은 자신을 비하하는 상황에 열심히 몰입해 있었다. 마릴라가 뿌듯해 했던 그 건전한 방식의 벌은 도대체 어디로 가버렸단 말인가? 앤은 그것을 즐거운 놀이로 뒤바꿔 버렸다.

마음씨 좋은 린드 부인은 통찰력이 그다지 뛰어나지 않아 이를 눈치채지 못했다. 앤이 진심으로 사과했다고만 생각했고, 조금 거들먹거리기는 하나 친절한 사람인지라 노했던 마음을 모두 풀었다.

"자, 자, 일어나거라, 얘야. 용서하고말고. 나도 네게 조금 심했던 것 같구나. 내가 워낙 속에 있는 말을 다하는 성격이란다. 내 말에 너무 신경 쓰지 말거라. 네 머리가 새빨간 건 부인할 수 없지만, 내가 아는 사람도 어릴 때는 너만큼이나 머리가 빨갰단다. 같은 학교 친구였는데 크면서 머리색이 점점 짙어지더니 정말 멋진 적갈색으로 변했지. 네 머리색이 변한다 해도 놀랄 일이 아니지. 그럼, 전혀 놀랍지 않지."

앤은 길게 숨을 들이쉬며 일어났다.

"와, 린드 아주머니! 제게 희망을 주셨어요. 앞으로 아주머니를 은인이라고 생각할 거예요. 아, 나중에 커서 머리색이 멋진 적갈색이 될 거라는 생각만 해도 뭐든 견딜 수 있어요. 머리색이 멋진 적갈색이라면 착해지기가 훨씬 쉬워지겠죠? 저, 마릴라 아주머니랑 이야기 나누시는 동안 정원에 나가서 사과나무 아래 벤치에 앉아 있어도 될까요? 밖에는 상상할 게 굉장히 많거든요."

"그럼, 그럼. 어서 가 보렴, 애야. 모퉁이에 새하얀 나리꽃이 피어 있는데, 마음에 들면 꽃다발을 만들어도 된단다."

앤이 나가고 문이 닫히자, 린드 부인은 활기 넘치게 일어나 램프를 켰다.

"정말 별난 아이군요. 이 의자에 앉아요, 마릴라. 이게 더 편할 거예요. 그건 일꾼 아이 앉으라고 둔 의자거든요.

그래요, 확실히 유별나긴 하지만 어쨌든 사람 마음을 끄는 구석이 있는 아이네요. 지금은 당신이나 매슈가 저 아이를 키운다는 게 처음처럼 놀랍지 않아요. 당신이 딱하단 생각도 안 하고요. 저 애는 잘 자랄 것 같아요. 물론 표현이 이상한 게 조금, 뭐랄까 너무 억지스러운 느낌은 있지만, 이제 교양 있는 사람들과 살게 되었으니 고쳐지겠죠. 그리고 성미가 꽤 불같아서 발끈했다가도 금세 풀어지는 아이 같아요. 그런 아이들은 절대 남을 속이거나 엉큼한 짓은 하지 않거든요. 엉큼한 아이는 가까이 두는 게 아니에요. 아무튼 저 애가 마음에 드는군요, 마릴라."

마릴라가 집으로 돌아가려고 나오자, 땅거미가 내려앉은 향기로운 과수원에서 앤이 두 손에 하얀 수선화 다발을 든 채 걸어 나왔다.

오솔길을 내려가며 앤이 뿌듯하게 말했다.

"저 사과 꽤 잘했죠? 어차피 해야 할 거면 완벽하게 하는 게 낫다고 생각했거든요."

"그래, 정말 완벽하더구나."

마릴라는 앤이 사과하던 장면을 떠올리면 자꾸만 웃음이 나오려는 통에 낭패감마저 들었다. 앤이 사과를 완벽하게 한 것에 대해 꾸짖어야 한다는 생각에도 마음이 불편했다. 생각해 보면, 어처구니없는 일 아닌가! 마릴라는 엄하게 타이르는 것으로 자신의 양심과 타협점을 찾았다.

"이렇게 사과하는 일이 더는 없었으면 좋겠구나. 앞으로 감정을 잘 다스리도록 노력하거라, 앤."

앤이 한숨을 쉬었다.

"사람들이 제 외모를 비웃지만 않으면 그럴 수 있어요. 다른 거로는 화가 안 나거든요. 하지만 머리 때문에 비웃음을 당하는 건 이제 질렸어요. 그런 말을 듣는 순간 부글부글 끓는단 말이에요. 아주머니, 정말로 제 머리가 멋진 적갈색으로 변할까요?"

"외모에 너무 신경 쓰는 건 좋지 않아, 앤. 허영심이 많은 건 아닌지 걱정이구나."

"제가 못생겼다는 걸 아는데 어떻게 허영심이 생기겠어요? 전 예쁜 게 좋아요. 거울에 예쁘지 않은 제 모습이 비치는 게 싫어요. 다른 못생긴 것들을 볼 때처럼 너무 슬픈 기분이 들거든요. 아름답지 않은 것들은 불쌍해요."

앤이 억울하다는 듯이 말했다.

"행동이 예쁘면 얼굴도 예뻐 보인단다."

마릴라는 머릿속에 떠오르는 격언을 들려주었다. 하지만 앤이 수선화 향기를 맡으며 믿지 못하겠다는 듯이 말했다.

"그 말은 전에도 들은 적이 있는데, 정말 그럴까 싶어요. 아, 이 꽃들 정말 예쁘지 않아요? 이런 꽃을 주시다니 린드 아주머니는 정말 친절하세요. 이제 린드 아주머니에게 나쁜 감정은 요만큼도 없어요. 사과하고 용서를 받으니 마음이 정말 행복하고 편안해요! 오늘 밤은 별들이 유난히 반짝거리는 것 같죠? 별이 될 수 있다면 어떤 별이 되고 싶으세요? 전 저쪽 어두운 언덕 위에 높이 뜬 맑고 아름다운 큰 별이 될래요."

"앤, 제발 입 좀 다물어라."

마릴라가 어디로 튈지 모를 앤의 생각을 좇느라 지칠 대로 지쳐 말했다.

앤은 초록 지붕 집으로 이어진 오솔길로 들어설 때까지 아무 말도 하지 않았다. 이슬에 젖은 어린 고사리의 알싸한 향을 싣고 떠돌던 산들바람이 두 사람을 마중했다. 저 멀리 위쪽에서 어둠에 싸인 나뭇가지들 틈으로 초록 지붕 집의 부엌에서 나오는 낭랑한 불빛이 환하게 반짝였다. 앤이 불쑥 마릴라의 굳은살 박인 손바닥에 제 손을 쏙 밀어 넣었다.

"저게 집이라는 걸 알고 돌아간다는 건 참 멋진 일이에요. 벌써 초록 지붕 집이 좋아졌어요. 전에는 어디도 좋아한 적이 없었거든요. 집처럼 느껴진 곳은 한 군데도 없었으니까요. 아, 아주머니, 전 정말 행복해요. 지금 당장이라도 기도할 수 있을 것 같아요. 어렵다는 생각도 전혀 들지 않아요."

손안에 작고 야윈 손이 닿자, 마릴라의 가슴에서 뭔가 따뜻하고 기분 좋은 기운이 샘솟았다. 어쩌면 지금까지 잊고 살았던 모성이 꿈틀거리며 되살아난 것인지도 몰랐다. 그 낯선 포근함에 마릴라는 마음이 어수선했다. 마릴라는 서둘러 평소의 침착함을 되찾으려 교훈이 될 만한 말을 생각했다.

"착한 아이가 되면 언제나 그렇게 행복할 게다, 앤. 그리고 기도하는 길 어려워해선 안 돼."

"소리 내서 기도를 하는 거랑 제가 바라는 걸 마음속으로 비는 거랑은 조금 다른 거 같아요. 그런데 지금 전 나무 꼭대기에서 부는 바람이라고 상상할래요. 나무가 싫증 나면 여기 고사리 사이로 살랑살랑 내려오고요. 그런 다음 린드 아주머니 댁 정원으로 날아가서 꽃들도 춤추게 할 거예요. 토끼풀이 가득 핀 들판에 곤두박질쳐서 휘잉 쓸고도 지나가고 '반짝이는 호수'에서 반짝반짝 빛나는 물결도 일으키고 말이에요. 와, 바람에는 정말 상상할 거리가 많네요! 그래서 지금은 더 이상 얘기를 못 하겠어요, 마릴라 아주머니."

앤이 곰곰이 생각하는 얼굴로 말했다.

"그거 참 고마운 일이구나."

마릴라가 깊은 안도감을 느끼며 나직이 읊조렸다.

185

11

앤의 주일학교에 대한 인상

"그래, 마음에 드니?"

마릴라가 물었다.

앤은 다락방 침대에 펼쳐 놓은 원피스 세 벌을 진지하게 쳐다보고 있었다. 하나는 색이 우중충한 체크무늬 면 원피스로, 마릴라가 지난해 여름에 튼튼하고 쓸 만해 보이는 데 홀딱 넘어가 행상에서 산 옷감으로 만든 거였다. 다른 하나는 겨울에 할인 매장에서 고른 흑백 체크무늬 새틴으로 만들었고, 나머지 하나는 탁한 파란색으로 염색한 뻣뻣한 천으로 만들었는데 며칠 전 카모디의 한 상점에서 구입한 것이었다.

셋 다 마릴라가 직접 만들었는데 모양이 전부 비슷했다. 넓은 치맛자락은 올이 촘촘했고 허리선은 밋밋했다. 소매는 허리나 치맛자락 못지않게 단순한 데다 팔만 겨우 들어갈 정도로 통이 좁았다.

"마음에 든다고 상상할게요."

앤이 침착하게 대답했다.

"상상하라는 게 아니야. 아, 마음에 들지 않는 게로구나! 이 옷들이 어디가 어때서 그러니? 깔끔하고 단정한 새 옷들 아니냐?"

마릴라는 기분이 상했다.

"맞아요."

"그럼 왜 싫다는 게냐?"

"옷이…… 그러니까…… 안 예쁘잖아요."

마릴라가 콧방귀를 뀌었다.

"안 예쁘다고! 난 네게 예쁜 원피스를 만들어 주려고 한 게 아니야. 난 네 허영심을 채워 줄 마음이 없단다, 앤. 똑똑히 들어라. 이건 주름이나 화려한 장식 같은 건 없는, 실용적이고 튼튼하고 편한 옷들이고, 올여름에 입을 수 있는 옷은 이게 전부야. 갈색 체크무늬 면 원피스와 파란색 나염 원피스는 나중에 학교에 갈 때 입으면 딱 좋을 게다. 새틴 원피스는 교회하고 주일학교에 입고 가거라. 망가뜨리지 말고 깨끗하고 단정하게 잘 간수하면 좋겠구나. 난 네가 여태 입던 그 조막만 한 옷들만 아니면 어떤 옷이든 감사할 줄 알았다."

"아, 감사하게 생각해요. 하지만 만약…… 만약 저 중에 하나라도 볼록 소매로 만들어 주셨다면 훨씬 더 감사했을 거예요. 요즘은 볼록 소매가 유행이거든요. 볼록 소매 옷을 입어 보기만 해도, 아주머니, 전 너무 설렐 것 같아요."

앤이 항의하듯 말했다.

"그럼 설렐 일은 없겠구나. 난 퍼프 소매 따위를 만드는 데 낭비할 옷감은 없으니까. 또 내 눈에는 우스꽝스러워 보이기도 하고 말이야. 난 평범하고 실용적인 소매가 더 낫더구나."

"그래도 전 혼자 평범하고 실용적인 것보다 다른 사람들과 똑같이 우스꽝스러워 보이는 게 더 좋아요."

앤이 애처로운 목소리로 고집을 부렸다.

"너야 그렇게 생각하겠지! 옷들을 옷장에 잘 걸어 두

고, 앉아서 주일학교에서 배울 것들 좀 보거라. 너 보라고
벨 장로님에게 교리문답집을 한 권 얻어 왔으니까. 내일
부터 주일학교에 가거라."

마릴라는 화가 단단히 나서 아래층으로 내려갔다.

앤은 두 손을 꼭 맞잡고 옷들을 쳐다보며 서글픈 목소
리로 나지막이 읊조렸다.

"하얀 볼록 소매 원피스 한 벌만 있으면 좋겠다고 생각
했는데. 꼭 한 벌만 갖게 해달라고 기도도 했는데. 사실
별로 기대도 안 했어. 하느님은 나 같은 고아가 입을 옷을
고민할 시간은 없을 테니까. 마릴라 아주머니가 하시는
대로 따라야지. 그래도 다행히 난 상상력이 있잖아. 저 옷
들 중 하나가 아름다운 레이스 주름 장식이 있고 삼단으
로 부푼 볼록 소매가 달린, 눈처럼 하얀 모슬린 원피스라
고 상상하면 돼."

다음 날 아침, 당장이라도 극심한 두통이 몰려올 조짐
때문에 마릴라는 앤과 함께 주일학교에 갈 수가 없었다.

"내려가서 린드 부인 댁에 들러야 한다, 앤. 네가 무슨
반으로 가야 하는지 아주머니가 알고 계실 게다. 자, 행동
조심하고. 공부가 끝나면 설교 시간까지 기다렸다가 린드

부인한테 우리 자리가 어딘지 여쭙거라. 여기 1센트를 줄 테니 헌금을 하고, 다른 사람들 빤히 쳐다보지 말고, 부산스럽게 굴지도 말고. 집에 돌아오거든 오늘 들은 성경 구절을 들려다오."

앤은 뻣뻣한 흑백 새틴 원피스를 차려입고 나무랄 데 없는 모습으로 집을 나섰다. 옷은 길이도 적당하고 분명히 몸에 꽉 끼지도 않았는데, 신기하게도 앤의 마른 몸이 더욱 도드라져 보였다. 모자는 작고 납작한 데다 반질반질 윤이 나는 딱딱한 밀짚모자였다. 게다가 얼마나 밋밋하게 생겼는지, 리본과 꽃 장식이 달렸을 거라 상상하던 앤은 실망이 이만저만이 아니었다. 하지만 꽃이야 큰길로 가기도 전에 얼마든지 있었다. 앤은 오솔길을 반쯤 내려가다 바람에 흔들리는 금빛 미나리아재비와 눈부시게 아름다운 들장미를 발견했고, 조금의 망설임도 없이 맘껏 꽃들을 모아 둥근 화관을 만들어 모자를 장식했다. 다른 사람들이 그것을 보고 어떻게 생각하든, 앤은 제 솜씨가 마음에 들어 분홍색과 노란색으로 꾸민 빨강 머리를 의기양양하게 치켜든 채 경쾌한 걸음으로 큰길로 나갔다.

앤이 린드 부인 집에 도착했을 때 린드 부인은 이미 나가고 없었다. 앤은 조금도 기죽지 않고 혼자서 교회로 향했다. 교회 정문 앞에 어린 여자아이들이 모여 있었다. 하얀색, 파란색, 분홍색 옷들을 입은 아이들은 남다른 머리 장식을 하고 그들 사이로 뛰어든 이 낯선 소녀를 호기심 어린 눈으로 빤히 쳐다봤다. 에이번리의 여자아이들은 앤에 대해 떠도는 희한한 소문을 벌써 들어 알고 있었다. 린드 부인은 앤에 대해 성미가 고약하다고 했고, 초록 지붕 집에서 일하는 제리 부트는 앤이 미친 여자처럼 하루 종일 혼자 중얼거리거나 나무나 꽃들이랑 얘기를 나눈다고 말했다. 아이들은 앤을 보며 책으로 얼굴을 가리고 숙덕 거렸다. 앤에게 다정하게 다가오는 사람은 아무도 없었다. 개회 예배가 끝나고 로저슨 선생님 반에 들어갔을 때도 마찬가지였다.

로저슨 선생님은 주일학교에서 20년 동안 아이들을 가르친 중년 여자였다. 로저슨 선생님의 교육 방식은 교리 문답집에 나오는 질문을 하고는, 한 아이를 콕 짚어 책 너머로 엄한 눈길을 던지며 대답을 기다리는 식이었다. 선생님은 유독 앤을 자주 봤는데, 앤은 마릴라가 붙잡고 연습을 시킨 덕에 척척 대답했다. 그러나 앤이 질문이나 대답을 제대로 이해했는지는 알 수 없었다.

앤은 로저슨 선생님도 별로 마음에 들지 않았고, 기분도 비참했다. 같이 수업을 듣는 다른 여자아이들은 전부 볼록 소매 옷을 입고 있었기 때문이다. 볼록 소매 옷을 입지 않으면 살 가치도 없는 것처럼 느껴질 정도였다.

"그래, 주일학교는 어땠니?"

앤이 집으로 돌아오자 마릴라가 궁금해 했다. 모자를 장식했던 화관은 시들어서 오솔길에 버리고 온 탓에 마릴라는 그 사실을 까맣게 몰랐다.

"별로였어요. 끔찍했어요."

"앤 셜리!"

마릴라가 꾸짖는 목소리로 소리쳤다.

앤은 한숨을 푹 쉬며 흔들의자에 앉아 '보니'의 잎에 입을 맞추고는 꽃이 핀 후크시아에 손을 흔들었다.

"제가 없는 동안 외로웠을 거예요. 주일학교에서는요, 아주머니가 일러주신 대로 예의 바르게 행동했어요. 린드 아주머니는 벌써 가고 안 계셨지만 저 혼자 잘 찾아갔고요. 교회로 들어가니 다른 여자아이들이 많더라고요. 저는 개회 예배 시간에 구석 창가 옆 신도석에 앉았어요. 벨

장로님 기도는 정말이지 너무 길었어요. 창가에 앉지 않
았다면 벨 장로님의 기도가 끝나기도 전에 지쳤을 거예
요. 하지만 창밖에 바로 '반짝이는 호수'가 보이더라고요.
전 호수를 보면서 온갖 멋진 상상을 했어요."

"그러면 안 돼. 벨 장로님의 기도를 들었어야지."

"하지만 벨 장로님은 제게 말을 건 게 아니었어요. 장로
님은 하느님께 말하고 있었는데, 기도하는 게 그렇게 좋
은 것 같진 않았어요. 하느님이 너무 멀리 계셔서 기도를
드려도 소용없다고 생각하신 것 같아요. 호수 옆에 하얀
자작나무가 길게 늘어서 있는데 그 사이로 햇살이 비집
고 들어와 물속 깊고 깊은 곳까지 비추었어요. 아, 마릴라
아주머니, 아름다운 꿈을 꾸는 것 같았어요! 전 그 광경에
가슴이 두근거려서, '감사합니다, 하느님. 감사합니다' 하
고 두세 번 말씀을 드렸는걸요."

앤이 항변하듯 말했다.

"큰 소리로 말한 건 아니겠지?"

마릴라가 걱정스럽게 말했다.

"아, 아니에요. 숨소리만큼 작게 했죠. 음, 드디어 벨 장
로님 기도가 끝나고 사람들이 제게 로저슨 선생님 반으

로 가라고 하더라고요. 저 말고 여자애들이 아홉 명 더 있는 반이었어요. 그 애들은 전부 볼록 소매 옷을 입었고요. 전 제 옷도 볼록 소매라고 상상하려고 애썼지만 잘 안 됐어요. 왜 안 됐을까요? 동쪽 다락방에 혼자 있을 때는 제 옷들이 볼록 소매라고 상상하는 게 굉장히 쉬웠는데, 진짜 볼록 소매 옷을 입은 아이들 옆에 있으니까 잘 안 되더라고요."

"주일학교에서 소매 따위를 생각해선 안 돼. 수업에 집중했어야지. 수업은 잘 들었겠지."

"아, 그럼요. 질문에 대답도 많이 했는걸요. 로저슨 선생님은 질문을 정말 많이 하셨어요. 선생님이 그렇게 전부 묻기만 해도 되는 선지 잘 모르겠어요. 저도 질문하고 싶은 게 많았는데, 선생님은 저랑 마음이 잘 통하지 않는 것 같아서 가만있었어요. 나중에는 다른 아이들이 모두 어떤 구절을 암송했어요. 선생님이 저한테 조금이라도 아느냐고 물으셔서, 그건 모르지만 〈주인 무덤가의 개〉도 괜찮으시면 외워 보겠다고 말씀드렸어요. 3학년 교과서에 나오는 시예요. 종교적인 시는 아니지만 너무 슬프고 우울해서 종교시라고 해도 괜찮을 거예요. 선생님은 그건 안 된다고, 다음에 주일학교에 올 때까지 열아홉 번째 구절을 외워 오라고 하셨어요. 그 구절을 수업이 끝난 다음에 교회에서 읽어봤는데 정말 아름다웠어요. 특히 제 가슴이 뛰었던 부분은 이 두 줄이에요.

살육당한 기병대가 쓰러지듯 순식간에 무너졌나니
미디안 재앙의 날이여

'기병대'나 '미디안'이 무슨 뜻인지 모르지만 너무 비극적으로 들리거든요. 이 시를 암송할 생각을 하니 다음 주까지 어떻게 기다려야 할지 모르겠어요. 주일학교를 마치고 로저슨 선생님께 마릴라 아주머니 자리가 어딘지 여쭤봤어요. 아, 린드 아주머니가 너무 멀리 떨어져 계셨거든요. 저는 할 수 있는 한 얌전히 앉아 있었어요. 오늘의 성경 말씀은 《요한계시록》 3장 2절과 3절이었어요. 굉장히 길더라고요. 제가 목사님이었다면 짧고 멋진 구절을 골랐을 거예요. 설교도 무지무지 길었어요. 설교도 성경 말씀에 맞게 길게 하셔야 했나 봐요. 목사님 설교도 정말 재미없었어요. 상상력이 부족한 게 문제 같아요. 전 설교를 열심히 듣지는 않았어요. 딴생각도 자꾸 들고 진짜 멋진 상상도 하고 그랬어요."

　마릴라는 앤을 엄하게 꾸짖어야 한다는 생각이 들긴 했지만, 앤의 말 중에 몇 가지는 부인할 수 없는 사실이라 선뜻 입을 열지 못했다. 특히 벨 장로의 기도와 목사님의 설교에 대해서는 마릴라도 수년간 속으로만 생각했지 입 밖에 내어본 적이 없었다. 마음속에만 몰래 갖고 있던 비판적인 생각들이 이 솔직하고 소외당했던 아이의 입을 통해 비난의 모양새로 튀어나온 기분이었다.

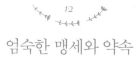

엄숙한 맹세와 약속

마릴라가 꽃 모자 이야기를 들은 건 그 다음 주 금요일이 되어서였다. 린드 부인의 집에서 돌아오자마자 마릴라가 앤을 불렀다.

"앤, 린드 부인 얘기로는 지난 주일에 네가 장미하고 미나리아재비를 우스꽝스럽게 매단 모자를 쓰고 교회에 갔다더구나. 도대체 어째서 그렇게 멋대로 구는 게냐? 정말 좋은 구경거리가 됐겠구나!"

"아, 분홍색이랑 노란색이 저랑 안 어울리는 건 알아요."

"허튼소리! 무슨 색이든 모자에 꽃을 다는 게 우스꽝스럽다는 얘기야. 참 갈수록 태산이구나!"

"옷에는 꽃을 달면서 왜 모자에 달면 우스꽝스럽다는 건지 모르겠어요. 옷에 꽃을 다발로 단 아이들이 얼마나 많았는데요. 그거랑 뭐가 달라요?"

앤이 항의했다. 하지만 마릴라는 모호하고 추상적인 샛길로 끌려 들어가지 않고, 확실한 입장을 단단히 지켰다.

"그런 식으로 되묻지 마라. 되잖은 짓이야. 다시는 내 앞에서 그런 꾀부리지도 말고. 네가 그런 꼴로 들어오는 걸 보고 린드 부인은 바닥이 푹 꺼져 버리는 줄 알았다더구나. 너무 멀리 앉아 있어서 꽃을 떼라고 말도 못 해줬고 나중엔 이미 때가 늦었다고 말이다. 그 일로 사람들이 별소릴 다했다고 하더구나. 보나마나 그런 꼴을 하도록 봐둔 나도 생각 없는 사람이라고 했겠지."

앤은 눈물을 글썽였다.

"아, 죄송해요. 아주머니가 싫어하실 거라고는 생각도 못했어요. 장미하고 미나리아재비꽃이 너무 예쁘고 귀여워서 모자에 꽂으면 근사할 것 같았거든요. 다른 여자애들도 모자에 조화를 달고 다니잖아요. 제가 아주머니께 끔찍한 골칫거리가 되면 어쩌죠. 절 고아원으로 돌려보내는 게 더 나을지도 모르겠어요. 물론 저한텐 끔찍하겠지만요. 제가 견딜 수 있을지 모르겠어요. 아마 폐결핵에 걸릴지도 몰라요. 전 비쩍 말랐잖아요. 하지만 아주머니께 골칫덩이가 되느니 차라리 그게 낫겠어요."

마릴라는 아이를 울린 게 속상했다.

"말도 안 되는 소리 마라. 널 고아원으로 돌려보내고 싶은 게 아니야. 내가 바라는 건 네가 너 스스로를 우스꽝스럽게 만들지 말고 다른 여자애들처럼 행동했으면 좋겠다는 거다. 그만 눈물 그치거라. 네게 들려줄 소식이 있단다. 오늘 오후에 다이애나 배리가 집으로 돌아왔다는구나. 배리 부인에게 치마 견본을 빌리러 갈 건데, 너도 같이 가서 다이애나와 인사하려무나."

앤은 두 손을 맞잡고 벌떡 일어섰다. 그 바람에 단을 감침질하던 행주가 바닥으로 떨어졌다. 볼은 아직 눈물 자국으로 반들거렸다.

"아, 마릴라 아주머니. 두려워요. 진짜로 때가 되었다고 생각하니 정말 겁이 나요. 그 애가 날 싫어하면 어쩌죠? 그럼 제 평생에 가장 비극적이고 절망적인 일이 될 거예요."

"허둥대지 말거라. 그렇게 장황하게 말하지도 말고. 어린아이가 그러면 좀 이상해 보인단다. 다이애나는 널 좋아할 게다. 네가 조심해야 할 사람은 그 애 어머니야. 배리 부인이 널 마음에 들어 하지 않으면 다이애나가 널 좋아해도 아무 소용없단다. 네가 린드 부인에게 대들었던 일과 모자에 미나리아재비꽃을 달고 교회에 간 얘기를 이미 들었다면, 배리 부인이 널 어떻게 생각할지 모르겠구나. 얌전히 예의 바르게 행동하고, 엉뚱한 소리는 하지 말고. 세상에, 얘가 정말로 떨고 있잖아!"

앤은 바들바들 떨었다. 얼굴은 하얗게 질려서 잔뜩 굳어 있었다.

"아, 마릴라 아주머니, 아주머니도 마음의 친구가 되고 싶은 아이를 만나게 됐는데 그 아이의 어머니가 나를 싫어할지도 모른다고 생각하면 저처럼 떨리실 거예요."

앤은 서두르며 모자를 집었다.

앤과 마릴라는 개울을 건너고 전나무 수풀이 우거진 언덕 지름길을 따라 과수원집으로 갔다. 마릴라가 문을 두드리자 배리 부인이 부엌문으로 나왔다. 배리 부인은 키가 크고 눈동자와 머리가 검었는데, 입매가 매우 다부져 보였다. 배리 부인은 자녀들에게 매우 엄하다고 소문이 나 있었다.

배리 부인이 반갑게 맞으며 인사했다.

"안녕하세요, 마릴라. 어서 들어오세요. 이 아이가 입양했다는 아이군요?"

"네, 앤 셜리라고 해요."

"끝에 'e'가 붙어요."

몸이 떨리고 마음은 들떴지만 이 중요한 문제에 오해가 생겨서는 안 된다는 생각에 앤이 가쁜 목소리로 덧붙였다.

배리 부인은 못 들은 건지, 이해하지 못한 건지 그저 악수를 하며 상냥하게 인사했다.

"잘 지내니?"

"마음은 복잡하지만 몸은 잘 지내요. 감사합니다."

앤이 진지한 얼굴로 말하고는 마릴라에게 다 들리는 귓속말로 물었다.

"아주머니, 저 엉뚱한 말 하지 않았죠?"

다이애나는 소파에 앉아 있다가 손님이 들어오자, 읽던 책을 내려놓았다. 다이애나는 무척 예쁜 아이였다. 어머니를 닮아 눈동자와 머리가 까맣고 뺨은 장미처럼 붉었다. 명랑한 표정은 아버지에게서 물려받은 것이었다.

"내 딸 다이애나란다. 다이애나, 앤을 데리고 정원에 나가서 꽃을 보여 주렴. 책만 읽으면 눈이 나빠질 수 있으니 나가는 게 더 나을 거야. 저 아이는 정말이지 책을 너무 많이 봐요."

배리 부인은 아이들이 나가자 마릴라에게 말을 이었다.

"아이 아버지까지 거드는 덕에 제가 말릴 수가 없어요. 늘 책만 들여다본다니까요. 같이 놀 친구가 생긴다니 좋네요. 밖에서 보내는 시간이 이제 좀 많아지겠죠."

정원 가득 서쪽 하늘의 저녁노을빛이 오래된 전나무들 사이로 부드럽게 쏟아졌다. 앤과 다이애나는 화려한 참나무 덤불을 사이에 두고 서로를 수줍게 바라보았다.

배리 씨네 정원에는 나무 그늘이 많고 꽃이 만발했다. 지금과 같은 운명의 순간이 아니었다면 앤은 무척 들떴을 것이다. 커다란 버드나무 고목과 키 큰 전나무들이 정원 주변을 둘러쌌고, 나무 아래에는 그늘을 좋아하는 꽃들이 소담스레 모여 있었다. 조개껍데기로 깔끔하게 가장자리를 두른 반듯한 작은 길들이 촉촉한 빨간 리본처럼 직각으로 교차했고, 길 사이사이 흙밭에는 옛 정취를 물

썬 풍기는 꽃들이 흐드러지게 피었다. 장밋빛 금낭화와 눈부시게 아름다운 진홍빛 작약, 향기로운 새하얀 수선화, 가시가 많고 아름다운 스코틀랜드 장미, 분홍색과 파랑색, 하얀색이 어우러진 매발톱꽃, 연보랏빛 비누풀꽃, 무성하게 자란 개사철쑥과 갈풀과 박하, 난초 종류인 보랏빛 아담과 이브, 수선화, 솜털같이 여리고 향기로운 가지를 지닌 하얗고 귀여운 클로버 무리, 하얗고 반듯한 사향꽃과 그 위로 불타는 창을 겨눈 모습의 진홍색 노티아가 고루 눈에 띄었다. 햇살이 꾸물거리고 벌들이 윙윙 노래했으며, 바람도 이끌려 와 바스락바스락 서성이는 정원이었다.

이윽고 앤이 두 손을 꼭 마주 잡고 거의 속삭이다시피 입을 열었다.

"아아, 다이애나. 그러니까 넌…… 나를 조금이라도 좋아할 수 있을 것 같니? 마음의 친구가 될 만큼?"

다이애나가 웃었다. 다이애나는 말하기 전에 늘 웃었다.

"그런 것 같아. 네가 초록 지붕 집에 살게 돼서 얼마나 기쁜지 몰라. 친구가 있으면 정말 즐거울 거야. 여긴 가까이에 같이 놀 여자아이들이 없거든. 여동생도 아직 어리고 말이야."

다이애나는 솔직하게 대답했다.

"영원히 내 친구가 되어 준다고 맹세해 줄래?"

앤이 간절하게 말했다.

"그건 아주 나쁜 거야."*

다이애나는 깜짝 놀란 얼굴로 나무랐다.

"아, 아니. 그게 아니야. 두 가지 뜻이 있잖아."

"난 한 가지밖에 몰라."

다이애나가 미심쩍어 했다.

"정말 한 가지가 더 있어. 이건 전혀 나쁜 게 아니야. 그냥 엄숙히 서약하고 약속한다는 뜻이야."

다이애나가 안심이라는 듯 말했다.

"그래, 그런 거라면 괜찮아. 어떻게 하는 건데?"

앤이 엄숙하게 말했다.

"손을 잡아야 돼. 이렇게. 원래는 흐르는 물 위에서 해야 하는데, 우린 그냥 이 길에 물이 흐른다고 상상하자. 내가 먼저 맹세할게. 나는 해와 달이 사라지지 않는 한 마

---

* 다이애나가 'swear(맹세 또는 저주)'를 '저주'의 의미로 받아들였다.

음의 친구인 다이애나 배리에게 충실할 것을 엄숙히 맹세합니다! 자, 이제 네가 내 이름을 넣어 말하면 돼."

다이애나가 웃으며 '맹세'를 했고 맹세를 마치고 또 웃었다.

"넌 참 이상한 애야, 앤. 네가 이상하다는 소린 들었어. 그렇지만 난 네가 정말 좋아질 것 같아."

마릴라와 앤이 집으로 돌아갈 때 다이애나가 통나무 다리까지 배웅했다. 두 아이는 서로 팔짱을 끼고 걸었다. 개울에 다다라 헤어질 때는 다음 날 오후에 다시 만나자는 약속을 수없이 주고받았다.

마릴라가 초록 지붕 집의 정원으로 들어서며 물었다.

"그래, 다이애나랑은 마음이 통할 것 같든?"

"네, 그럼요."

앤은 행복에 겨워 마릴라가 비꼬는 말투라는 것도 알아채지 못하고 한숨을 쉬며 대답했다.

"마릴라 아주머니, 지금 이 순간은 제가 프린스에드워드 섬에서 가장 행복한 아이일 거예요. 오늘 밤은 정말 진심으로 기도를 드릴 수 있을 것 같아요. 내일은 다이애나하고 윌리엄 벨 아저씨의 자작나무 숲에 놀이집을 만들기로 했어요. 장작 창고에 있는 깨진 그릇들을 가져가도 돼요? 다이애나는 생일이 2월이고 제 생일은 3월이에요. 정말 신기한 우연의 일치 같지 않으세요? 다이애나가 제게 읽을 책도 빌려준댔어요. 다이애나가 그러는데 정말 놀랍고 흥미진진한 책이래요. 숲 뒤에 검은 백합이 있는 곳도 보여 준댔어요. 다이애나 눈을 보면 감정이 참 풍부한 것 같지 않으세요? 제 눈도 그랬으면 좋겠어요. 〈개암나무 골짜기의 넬리〉라는 노래도 가르쳐 준대요. 제 방에 걸어둘 그림도 준다고 했어요. 굉장히 아름다운 그림이래요. 예쁜 여자가 하늘색 실크 드레스를 입고 있는 그림인데, 재봉틀 가게에서 선물로 받았대요. 저도 다이애나에게 줄 게 있다면 얼마나 좋을까요. 키는 제가 다이애나보다 2센티미터에서 3센티미터 정도 더 크지만 다이애나가 저보다 훨씬 더 통통해요. 그 애는 마른 게 훨씬 더 우아해 보인다면서 살이 빠졌으면 좋겠다고 하는데, 그냥 제기분을 달래주려고 한 말 같아요. 다음에 바닷가로 조개껍데기도 주우러 갈 거예요. 우린 통나무 다리 아래서 솟는 샘을 '드라이어드 샘'이라고 부르기로 했어요. 정말 우아한 이름이죠? 그런 이름의 샘이 나오는 책을 읽은 적이

있어요. 드라이애드는 그러니까 어른 요정 같은 게 아닐
까 해요."

"글쎄다. 다이애나한테는 그렇게 쉴 새 없이 떠들어대
지 않는 게 좋겠구나. 앞으로 뭘 하든 이거 하나만은 명심
해라, 앤. 온종일 놀기만 할 수는 없어. 먼저 네가 할 일을
해놓고 그다음에 놀아야 해."

마릴라가 말했다.

앤의 마음속에 가득 담겨 있던 행복감은 매슈 덕분에
밖으로 넘쳐흘렀다. 매슈는 카모디의 한 가게에 들렀다
이제 막 집에 도착한 참이었는데, 마릴라의 눈치를 살피
며 주머니에서 작은 꾸러미를 하나 꺼내 멋쩍어 하며 앤
에게 건넸다.

"네가 초콜릿을 좋아한다기에 조금 가져왔다."

마릴라가 콧방귀를 뀌었다.

"허, 이 썩고 속만 상한다고요. 자, 자, 애야. 그렇게 울
상을 지을 필요는 없다. 매슈 오라버니가 일부러 사 온 것
이니 조금 먹으려무나. 박하사탕을 샀으면 더 좋았을 것
을. 그게 더 몸에 좋으니까 말이다. 몸에 안 좋으니 한 번
에 다 먹지 마라."

"그럼요. 지금 다 먹진 않을 거예요. 오늘 밤은 한 개만 먹을게요, 아주머니. 반은 다이애나에게 줘도 될까요? 그렇게 하면 나머지 반이 두 배로 더 달콤할 것 같아요. 다이애나한테 뭔가 줄 수 있다고 생각하니 기뻐요."

앤이 꼭 허락해 달라는 얼굴로 말했다.

앤이 다락방으로 올라간 뒤에 마릴라가 말했다.

"저건 좋은 점 같아요. 인색하게 굴지 않는 거요. 다행이죠. 하고 많은 단점 중에서 아이가 인색한 건 질색이거든요. 이것 참, 저 애가 온 지 3주밖에 안 됐는데 마치 처음부터 같이 살았던 것 같아요. 저 애가 없는 집은 상상이 안 되네요. 그것 보란 듯이 쳐다보지 말아요, 오라버니. 여자가 그래도 기분 나쁜데, 남자가 그러는 건 참고 봐줄 수가 없네요. 솔직히 나도 인정해요. 오라버니가 하자는 대로 저 애를 키우기로 한 건 잘한 것 같아요. 저 애가 점점 좋아지기도 하고요. 그렇다고 그걸 자꾸 들먹이며 으스댈 생각은 말아요, 매슈 오라버니."

기대하는 즐거움

"지금쯤이면 들어와서 바느질할 시간인데."

마릴라가 시계를 흘끗 보고 밖으로 시선을 돌렸다. 나른한 8월 오후의 열기에 모든 것이 꾸벅꾸벅 조는 듯했다.

"다이애나랑 노느라 돌아오라고 한 시간보다 30분이나 늦게 와서는, 할 일이 있다는 걸 뻔히 알면서 장작더미 위에 앉아 오라버니한테 쉴 새 없이 떠들어 대고 있으니. 또 오라버니는 실없이 듣고만 있고. 저렇게 얼빠진 남자는 평생 본 적이 없다니까. 이상한 얘기들을 지껄이면 지껄이는 대로 더 즐거워한단 말이야. 앤 셜리, 당장 이리 오거라, 내 말 안 들리니?"

계속해서 서쪽 창을 똑똑 두드리자, 마당에 앉아 있던 앤이 한걸음에 달려왔다. 눈은 반짝거렸고 두 볼은 연한 분홍빛으로 물들었으며, 풀어 헤친 머리는 등 뒤에서 눈부시게 물결쳤다.

앤이 숨을 가쁘게 몰아쉬며 소리쳤다.

"와, 마릴라 아주머니. 다음 주에 주일학교에서 소풍을 간대요. '반짝이는 호수' 가까이에 있는 하먼 앤드루스 씨네 들판으로요. 벨 아주머니와 린드 아주머니가 아이스크림을 만드실 거래요. 아주머니, 아이스크림 말이에요! 아, 마릴라 아주머니, 저도 가도 되나요?"

"제발 시계 좀 보거라, 앤. 내가 몇 시에 들어오랬지?"

"2시요. 하지만 소풍이라니 너무 신나지 않아요, 아주머니? 저도 가도 되죠? 제발요. 한 번도 소풍을 가 본 적이 없단 말이에요. 꿈을 꾼 적은 있지만 가 본 적은……."

"그래, 2시까지 들어오라고 했다. 그런데 지금은 2시 45분이구나. 왜 내 말을 어겼는지 듣고 싶구나, 앤."

"그게, 저도 될 수 있으면 지키려고 했어요. 하지만 '한적한 숲'이 얼마나 아름다운지 모르실 거예요. 그리고 매슈 아저씨께도 소풍 얘기를 해야 했고요. 매슈 아저씨는 얘기를 정말 잘 들어주세요. 저 가도 되죠?"

"넌 그 한적한 뭔가 하는 게 아름다워도 참는 법을 배워야 해. 내가 몇 시에 들어오라고 하면, 그건 30분 늦게 오라는 게 아니라 그 시간에 맞춰 오라는 얘기다. 그리고 오는 길에 말 잘 들어주는 사람한테 가서 떠들어서도 안되고. 소풍이라면 물론 가도 좋아. 넌 주일학교 학생이고, 다른 아이들도 다 가는데 너만 못 가게 하진 않을 테니까."

"하지만…… 하지만……."

앤이 머뭇거리다 말했다.

"다이애나가 그러는데 다른 아이들은 전부 바구니에 먹을 것을 담아온대요. 전 요리를 못하잖아요, 마릴라 아주머니. 그리고…… 그리고…… 볼록 소매 옷을 안 입고 가는 건 괜찮은데, 바구니 없이 소풍에 가면 창피해서 견딜 수 없을 거 같아요. 다이애나한테 그 얘기를 들은 뒤로 계속 마음에 걸렸어요."

"그거라면 더 걱정할 필요 없다. 음식은 내가 만들어 주마."

"아, 고맙습니다, 아주머니. 아, 아주머니는 제게 참 잘

해 주세요. 아, 정말 고맙습니다."

'아'를 연발하던 앤이 마릴라의 품에 뛰어들더니 뛸 듯이 기뻐하며 윤기 없는 마릴라의 뺨에 마구 입을 맞추었다. 어린아이가 먼저 다가와 마릴라의 얼굴에 입을 맞춘 것은 평생 처음 있는 일이었다. 놀랍도록 따뜻한 기분이 마릴라의 가슴에 순식간에 퍼졌다. 마릴라는 앤의 충동적 입맞춤이 말할 수 없이 즐거웠지만, 아무 내색도 하지 않고 무뚝뚝하게 말했다.

"자, 자, 이러지 않아도 된다. 그보다 시킨 일이나 제대로 했으면 좋겠구나. 요리라면 조만간 내가 가르쳐 주려고 했단다. 하지만 네가 하도 덤벙대서 가르치기 전에 네가 좀 차분해지고 꾸준해지기를 기다리고 있었지. 요리할 때는 긴장해야 한다. 머릿속으로 온갖 것에 정신이 팔려서 중간에 손을 놔서도 안 되고. 이제 바느질거리를 가져와서 저녁 먹기 전까지 조각보 깁는 걸 끝내거라."

"전 조각보 만드는 게 싫어요."

앤이 우울하게 말하고는 반짇고리를 가져와 빨갛고 하얀 마름모 모양 천 무더기 앞에 한숨을 쉬며 앉았다.

"바느질이 재미있을 때도 있겠죠. 하지만 조각보에는

상상할 수 있는 게 하나도 없어요. 하나를 잇고 나면 또 잇고, 그렇게 해서 무슨 소용이 있는지 잘 모르겠어요. 하지만 아무것도 안 하고 놀기만 하는 다른 집의 앤보다 조각보를 만드는 초록 지붕 집의 앤이 되는 게 낫긴 해요. 바느질할 때도 다이애나랑 놀 때만큼 시간이 빨리 갔으면 좋겠지만요. 저희는 정말 멋지게 시간을 보내요, 아주머니. 상상은 대부분 제가 해야 하지만 제가 상상은 또 잘하잖아요. 다이애나는 상상하는 거 빼고 모든 걸 다 잘해요. 개울 너머에 작은 땅이 있잖아요. 우리 농장이랑 배리 아저씨네 농장 사이로 흐르는 개울 말이에요. 그게 윌리엄 벨 아저씨네 땅인데, 그 땅 한쪽에 하얀 자작나무가 동그랗게 에워싼 곳이 있거든요. 정말 낭만적인 곳이에요, 아주머니. 다이애나랑 전 거기에 장난감집을 지었어요. 그곳이 '한적한 숲'이에요. 정말 시적인 이름이죠? 그 이름을 생각하는 데 시간이 좀 걸렸어요. 밤을 꼬박 샐 뻔했다니까요. 그러다가 막 잠이 들려는 순간, 그 이름이 번쩍 떠오른 거예요. 그 이름을 듣고 다이애나는 홀딱 반했어요. 우린 집을 우아하게 꾸몄어요. 꼭 와서 한번 보세요, 아주머니. 이끼로 덮인 커다란 돌을 의자 대신 갖다

221

놓고, 나무 사이에 판자를 얹어서 선반을 만들었어요. 선반 위에는 접시들을 올려놨고요. 물론 전부 깨진 그릇이지만 깨지지 않았다고 상상하는 건 하나도 어렵지 않아요. 특히 빨갛고 노란 담쟁이 그림이 있는 접시가 정말 예뻐요. 그 접시하고 요정의 거울은 거실에 두었어요. 요정의 거울은 꿈에 나오는 것처럼 아름다워요. 다이애나가 집에 있는 닭장 뒤 숲에서 찾았대요. 거울에 무지개가 잔뜩 그려져 있는데, 아직 다 자라지 못한 어린 무지개들 같아요. 다이애나의 어머니는 그게 예전에 집에 있던 벽걸이 등이 깨진 조각이라고 하셨대요. 하지만 무도회가 열린 어느 날 밤에 요정들이 거울을 잃어버렸다고 상상하면 멋지잖아요. 그래서 우리는 그걸 '요정의 거울'이라고 불러요. 매슈 아저씨가 식탁을 만들어 주시기로 했어요. 아, 배리 아저씨네 농장 너머에 있는 작고 동그란 연못은 '버드나무 연못'이에요. 이 이름은 다이애나가 빌려준 책에서 봤어요. 그 책은 정말 감동적이었어요. 아주머니. 주인공 여자는 애인이 다섯 명이나 됐어요. 난 한 명이면 만족할 거 같은데. 여자는 아주 아름답지만 온갖 엄청난 시련을 겪어요. 그 여자는 기절도 아주 잘해요. 저도 기절할 수 있으면 좋겠어요, 아주머니. 정말 낭만적이잖아요. 하지만 전 이렇게 말랐는데도 진짜 건강하거든요. 그래도 조금 살이 붙은 거 같아요. 그래 보이나요? 전 아침에 일어나면 매일 팔꿈치를 보면서 혹시 움폭 들어가지 않았는지 확인해요. 다이애나는 이번에 반소매 옷을 새로 만든대요. 이번 소풍에 입고 갈 거랬어요. 아, 다음 주 수요일엔 날씨가 맑아야 할 텐데. 소풍을 못 가게 되면 그 실망감을 견디기 힘들 거예요. 그래도 이겨내기야 하겠지만, 분명 제 평생의 슬픔으로 남겠죠. 앞으로 소풍을 백 번 더 가더라도 소용없어요. 이번에 못 가는 한 번을 대신할 수 없으니까요. 이번에 소풍을 가면 '반짝이는 호수'에서 배도 타고, 아이스크림도 먹는다고 말씀드렸죠. 전 아직 한 번도 아이스크림을 못 먹어봤단 말이에요. 다이애나가 어떤 맛인지 설명해 주려고 애썼는데, 상상만으로 아이스크림 맛을 알기는 힘든 거 같아요."

"앤, 시계를 보니 10분 동안 계속 떠들었구나. 궁금해서 그러는데 10분 동안 조용히 있을 수도 있는지 한번 보자꾸나."

앤은 마릴라가 바라는 대로 입을 다물었다. 하지만 그

주 내내 앤은 소풍 얘기를 하고 소풍 생각을 하고 소풍 꿈을 꿨다. 토요일에 비가 내리자, 수요일까지 비가 계속 올까 봐 걱정하느라 어찌나 안달을 하는지 마릴라는 앤을 진정시키려고 평소보다 조각보 깁는 일을 더 시켰다.

일요일에 교회에서 돌아오는 길에 앤은 목사님이 설교단에서 소풍을 간다고 발표했을 때 흥분으로 온몸에 전율이 흘렀다고 마릴라에게 털어놨다.

"짜릿짜릿한 기분이 등을 타고 오르내렸어요, 아주머니! 그때까지도 정말 소풍을 갈 거라고는 믿고 있지 않았나 봐요. 저 혼자 상상한 걸까 봐 겁이 났거든요. 하지만 목사님이 설교단에서 그렇게 말씀하셨으니 이제 믿을 수 있어요."

"앤, 넌 무슨 일이든 그렇게 온 마음을 다 쏟는구나. 앞으로 살면서 실망할 일이 많을까 봐 걱정이다."

마릴라가 한숨을 쉬며 말했다.

"아, 마릴라 아주머니, 뭔가를 기대하는 건 그 자체로 즐겁잖아요. 어쩌면 바라던 결과를 얻지 못할 수도 있지만, 그래도 기대할 때의 즐거움은 아무도 못 막을걸요. 린드 아주머니는 '아무것도 기대하지 않는 자 복 받을지어

다. 왜냐하면 결코 실망할 일도 없으니'라고 말씀하시지
만, 전 실망하는 것보다 아무 기대도 하지 않는 게 더 나
쁜 거 같아요."

그날도 마릴라는 여느 때처럼 자수정 브로치를 꽂고
교회에 갔다. 마릴라는 교회에 갈 때면 언제나 자수정 브
로치를 달았다. 브로치를 달지 않으면 성경책이나 헌금으
로 낼 10센트를 잊고 가는 것만큼이나 큰 죄라고 생각하
는 듯했다. 자수정 브로치는 마릴라가 가장 소중히 여기
는 물건이었다. 배를 탔던 삼촌이 마릴라의 어머니에게

준 것을 마릴라가 물려받은 것이었다. 꽤 질 좋은 자수정이 가장자리에 박혀 있는 타원형의 구식 브로치 안에는 어머니의 머리카락이 들어 있었다. 마릴라는 보석에 대해 별로 아는 게 없어서 그 자수정이 실제로 얼마나 좋은 건지는 알지 못했다. 하지만 브로치가 무척 아름답다고 생각했고, 자신의 고상한 밤색 새틴 드레스에 달면 눈에 보이지는 않아도 목 부분에서 보랏빛으로 은은하게 반짝일 거라는 생각에 언제나 기분이 좋았다.

앤은 그 브로치를 처음 보자마자 홀딱 반해서 감탄을 쏟아냈다.

"아, 마릴라 아주머니. 정말 우아한 브로치예요. 그런 브로치를 달고 어떻게 설교에 귀를 기울이고 기도를 하시는지 모르겠어요. 전 그렇게 못할 거예요. 자수정은 정말 아름다운 것 같아요. 다이아몬드를 본 적 없던 아주 오래전에 머릿속으로 다이아몬드를 상상했는데 그거랑 비슷하게 생겼어요. 전 다이아몬드를 아름답고 은은하게 빛나는 보랏빛 보석으로 떠올렸거든요. 그런데 어느 날 한 부인이 낀 진짜 다이아몬드 반지를 보고 너무 실망해서 울어 버렸어요. 물론 굉장히 예쁘긴 했지만 제 상상 속의

다이아몬드와 달랐거든요. 잠깐 만져봐도 되나요? 자수
정이 착한 제비꽃들의 영혼은 아닐까요?"

(2권에 계속)

옮긴이 박혜원

심리학을 전공하고, 현재는 전문번역가로 활동 중이다. 옮긴 책으로 《퀸 (40주년 공식 컬렉션)》, 《곰돌이 푸 1 : 위니 더 푸》, 《곰돌이 푸 2 : 푸 모퉁이에 있는 집》, 《빨강 머리 앤》, 《소공녀 세라》, 《문명 이야기 4》, 《젊은 소설가의 고백》, 《벤 버냉키의 선택》, 《본능의 경제학》 등이 있다.

빨강 머리 앤 1

1판 1쇄 2019년 7월 16일
1판 2쇄 2020년 2월 25일

지은이 루시 모드 몽고메리
옮긴이 박혜원

펴낸곳 더모던
전화 02-3141-4421
팩스 02-3141-4428
등록 2012년 3월 16일(제313-2012-81호)
주소 서울시 마포구 성미산로32길 12, 2층 (우 03983)
전자우편 sanhonjinju@naver.com
카페 cafe.naver.com/mirbookcompany

ISBN 979-11-6445-074-9 00840